Titre original : Au diable Povert !

« Quand partent ceux qui gênent, ça fait de l'oxygène. »

Vieux proverbe russe

Lundi

1

— Ruben poussa la porte du *Chien vert*, salua Marguerite recroquevillée derrière son comptoir, attrapa au vol un quotidien sur le tourniquet malade, avant de sortir un billet froissé d'un portefeuille tout aussi chiffonné.

— Tu ajouteras un paquet de clopes, s'il te plaît.

— Qu'est-ce que tu veux ?

— Des blondes.

— Tu n'as que l'embarras du choix…

Le colosse observa le présentoir, pointa de l'index un paquet bleu et blanc à hauteur de ses yeux.

— Ça fera l'affaire !

La femme du patron pianota sur son écran tactile avant de s'étonner.

— Tu fumes, toi maintenant ?

— C'est ça ! J'ai décidé ça ce matin en me rasant.

— Tu m'étonneras toujours, Ruben !

— Dis-toi bien, ma chère, que j'en ai marre de toutes les interdictions dont on nous bassine à longueur de journée. Que dis-je, qu'on nous impose pour de mauvaises raisons ! On nous interdit de conduire vite ! de fumer ! de boire ! de baiser sans capote… et j'en passe et des meilleures. À ce rythme-là, les moutons que nous sommes, déjà tondus, vont se retrouver vite fait les boyaux à l'air. Et un mouton sous plastique c'est tout, sauf rassurant !

Marguerite esquissa un sourire commercial, un sourire d'une neutralité propice au bon fonctionnement de son commerce.

« Le payer en trois ans, ça serait tellement mieux qu'en sept ! » se répétait-elle à longueur de journée.

— Alors bon cancer ! ironisa-t-elle sur un rendu de monnaie digne des meilleurs spots télés pour la *Française des Gogos.*

— Parle pas de malheur, Marguerite ! J'ai déjà assez à penser avec celui de ma prostate…

Pas mauvaise fille, la cinquantenaire nouvellement affranchie se ratatina un peu plus en réalisant sa bévue. Il y avait des boulettes qui ne pardonnaient pas. Sauf qu'avec Ruben, on ne savait jamais vraiment où se nichait l'humour.

L'homme abandonna le coin presse-tabac, glissa jusqu'au bar avant de s'isoler à une table près de la baie vitrée.

À peine était-il installé que Jacquot se radina dans ses habits de croque-soif.

— Qu'est-ce que je te sers, Ruben ? s'enquit l'homme de l'art. Le roi du petit noir et de la biture tarifée. L'oreille des ragots et des récits improbables. Le confident des petits soiffards et des grands alcoolos. Le confesseur des misères et du désespoir. Le souteneur des foies et autres vessies toujours prêts à se flétrir.

— Une pression. Une BB, s'il te plaît !

— Ça roule…

Pendant que Jacquot s'en retournait derrière son zinc, Ruben, pas plus cancéreux qu'un Lance Armstrong vainqueur en solitaire au sommet du Tourmalet, détailla les occupants du rade. Il y avait là Sorto, accoudé au comptoir, en grande conversation avec un chauffeur-livreur en arrêt technique, Jacky et son petit blanc à ramoner une tuyauterie entartrée, Magda en tenue léopard, un portable à la main et un verre de Bergerac dans le rétroviseur, très entreprenante pour verrouiller son emploi du temps de l'après-midi. Kolo et Saïd en plein décryptage du quinté du jour. Une course de dix-sept femelles prêtes à en découdre sur l'hippodrome d'Argentan pour de modiques rapports, foi de pronostiqueurs en herbe !

L'homme au torchon revint avec la bière belge.

— Il paraît qu'il va faire beau aujourd'hui, laissa tomber Jacquot en fixant la brume qui s'effilochait derrière le carreau.

— Soleil en octobre vaut mieux qu'abeilles en novembre !

— Encore un proverbe de ton invention ?

— Qu'est-ce que tu vas t'imaginer Jacquot ? Je tiens ça d'un apiculteur du Vercors. Cet été, il a essayé de me refourguer ses ruches. Je lui ai dit qu'il pouvait toujours se les carrer où il voulait. Et ben, crois-moi si tu veux, mais ce mec était si désespéré qu'il m'a payé à boire !

— Heureux homme ! Ce n'est pas ici qu'une pareille aubaine t'arriverait... Ça te fera donc 2,70 euros.

Ruben piocha dans sa monnaie, des pièces que Jacquot s'empressa de gratter avant d'aller remplir son nourrain en forme de caisse enregistreuse.

Depuis sa banquette, Magda qui en avait fini avec ses appels lui adressa un regard appuyé. Le genre « pour toi mon chéri, ça sera demi-tarif ! » mais Ruben n'était pas du genre à s'envoyer en l'air sur un simple regard car, même à moitié prix, une prestation de Magda restait une arnaque. Dixit les comptes-rendus circonstanciés des aficionados de sexe bien blet.

Il attrapa son verre et dégusta *une première gorgée de bière*. Un exercice qui lui rappelait invariablement le bouquin de Delerm. Un ouvrage qu'il avait lu jusqu'au bout et dont il gardait un souvenir impérissable, prouvant s'il en était besoin, qu'un poivrot n'est pas forcément réfractaire à la littérature. Mais en ce jour de rébellion, Ruben ajouta à l'exercice une première cigarette, allumée à la torche de son Zippo, un cadeau de feu son beau-frère. Un enseignant qui trouvait du plus grand chic de se friser les moustaches à la légende des briquets.

Ruben aspira une bouffée et tous ceux qui le virent faire retinrent leur respiration.

Jacquot releva la tête, la narine frémissante.

— Qu'est-ce que tu fous, Ruben ?

— Ben, tu vois, je m'en grille une !

— Je te rappelle que tu peux toujours t'exercer dehors...

— Mon cul !

Jacquot accusa le refus avec la même moue qu'un redressement fiscal inopiné.

— C'est ma mort que tu veux ?

— Pas spécialement, Jacquot. Mais depuis que cette loi à la con est passée, ça devient intolérable. Notre liberté se réduit à une peau de chagrin et à ce rythme-là, j'ai peur pour mes couilles !

— Tu sais au moins combien risque de coûter ta petite plaisanterie ?

De sa main libre, Ruben lissa les derniers cheveux courant sur l'ogive de son crâne dégarni. Il goûtait le moment.

— Pas la moindre idée et je dois t'avouer que je m'en fous royalement ! La vie est déjà assez chiante comme ça. Et tu vois dans mon cas, cette loi induit un effet pervers et convertit un non-fumeur en aspirateur à nicotine. En haut lieu, nos chers technocrates auraient dû s'en préoccuper. Trop de répression aiguise les conduites déviantes. Pas vrai, les amis !

Sorto applaudit. Le livreur vida son verre, le regard perdu dans une intense réflexion. Magda se mit à l'unisson et dégaina un paquet de mentholées en guise de ralliement.

— T'as raison Ruben, les lois sont faites pour qu'on leur chie dessus !

— Jacky leva le pouce, un brin nostalgique.

— Vous savez, ça me rappelle l'époque de la Résistance...

Ses paroles furent couvertes par le rire franc de Kolo, découvrant l'expression décomposée de Jacquot.

— Y en a au moins un que ça fait pas marrer !

Et c'est vrai que ledit Jacquot « *tournait sin né* » comme on disait dans le pays de Ruben. Tout là-haut sur la carte de France. À deux pas de la frontière. Au pays des beffrois et des baraques à frites. Dans ces villages où les maisons se ressemblaient toutes. Où la brume vidait d'un coup les rues dès qu'elle glissait de son perchoir bien ancré plus au nord. Où le désespoir tuait plus sûrement les gens qu'un virus élevé au rang de menace planétaire. Où la bière enrhumait les esprits à défaut de les réveiller. Par peur d'avoir à combattre les fantômes...

Jacquot était un patron de bar à l'ancienne. Un modèle des années cinquante à la Errol Flynn. Fine moustache et sourire effilé en façade, pendant que, sous des cheveux tirés à la brillantine, prenait au cul un ragoût de mauvais sentiments. Car Jacquot n'était pas du genre à laisser le lierre envahir ses plates-bandes. Encore moins un Ruben mettre en péril une affaire prospère. Une progression annuelle à deux chiffres.

— Ruben, tu VAS finir ta cigarette dehors !

Le colosse sourit à l'injonction tandis qu'un bloc de cendres s'éparpillait en fines particules au-dessus de la table.

— Et si je refuse ?

Jacquot se mordilla la lèvre supérieure. Un signe révélateur. Le premier étage d'une fusée nommée colère.

— J'appelle les flics !

— Les flics ? Et tu crois qu'ils vont se déplacer pour deux glandus tirant sur leur clope ?

Kolo s'immisça dans la discussion.

— Alors, préviens-moi que je m'casse ! Je suis toujours en situation irrégulière...

— Tais-toi le Blackos ! Ça fait vingt-cinq piges que t'es là à nous faire chier, alors commence pas à la ramener ! Surtout que ça fait longtemps que tu l'as ta carte de séjour. Et comme si ça ne suffisait pas, il faut aussi que tu fraudes les Assedic...

— Arrête Jacquot ! Tu sais bien que ce n'est pas bon pour ton cœur !

Marguerite connaissait bien son homme. Un teigneux. Un impulsif. Un aigri du bulbe pour qui la France s'était ignominieusement vendue à l'immigration. Un Français nostalgique d'un temps poissant les manuels d'histoire.

— Dis donc, c'est pas gentil pour Kolo ! releva Ruben aimanté comme un gosse par la lente combustion de sa cigarette. Trois kawas par jour depuis des lustres, ça fait assurément une belle cagnotte pour le gringo. Donc respect pour le consommateur !

— Je pense que tu ne m'as pas bien saisi, Ruben ! Tu décampes et fissa !

Le colosse releva la tête, accrocha le regard gris de son contradicteur.

— Et tu penses t'y prendre comment, bonhomme ?

Jacquot se crispa telle une corde de Stradivarius malmenée.

— Ne me pousse pas à bout, Ruben ! Tu t'casses et vite ! Sinon...

— Sinon, quoi ?

Le colosse esquissa un sourire narquois.

— ... Tu vas m'filer un coup de torchon ?

Kolo pouffa et son rire cascada au milieu d'un silence de cathédrale.

— Très drôle le Ch'ti ! Mais j'ai de quoi parler au gros gibier...

En une seconde, Erroll Flynn se mua en guerrier. Il contourna le zinc, se hissa sur la pointe des pieds devant le percolateur et agrippa un fusil de chasse. En se retournant, il ouvrit un tiroir sous l'évier et sortit une poignée de cartouches. Il chargea la double culasse et la rabattit d'un geste excédé.

— Maintenant, si tu veux toujours faire le mariole, je suis prêt à relever le défi !

L'assistance pétrifiée n'avait d'yeux que pour Ruben. Seule Marguerite trouvait la force d'aboyer depuis son observatoire. Avec des trémolos dans la voix.

— Arrête Jacquot ! C'est plus de ton âge ! Ton cœur... Pense à ton cœur !

À cet instant précis, Jacques Merlandot se foutait pas mal de son cœur, des mises en garde répétées de sa femme, de ses clients qui, pour l'occasion, ne mouftaient pas. Il n'y avait que lui et sa proie, le colosse dans sa ligne de mire.

Ruben tira une dernière fois sur sa cigarette et balança le mégot aux pieds de Jacquot.

— Vas-y, éteins-la !

Errol Flynn hésita tandis que Ruben le fixait goguenard.

Au bout de quelques secondes d'une intense réflexion, longues comme des minutes à rallonge, Jacquot finit par tendre la jambe et écrasa l'objet du délit d'un coup de semelle excédé.

— Maintenant, casse-toi !

— « S'il te plaît », si ce n'est pas trop te demander !

— N'abuse pas, connard !

La colère cheminait lentement dans le corps de Jacquot. Avec ses étapes. Ses expressions successives comme autant de check-lists inévitables avant le lâcher de gaz. Cela avait débuté par la raideur de ses membres inférieurs. De son bassin. Puis les traits de son visage s'étaient figés en une expression minérale. Le sourire s'était mué en une moue haineuse où la lèvre supérieure frémissait sur le même tempo que les narines. Son souffle avait suivi, devenant au fil du temps de plus en plus saccadé, plus rauque, annonciateur d'une montée en pression digne des dernières locos à vapeur. Et puis, il y avait l'index crispé sur la queue de détente...

Ruben siffla le peu de bière qui lui restait et se leva.

Debout, il dépassait Jacquot de deux bonnes têtes et quelques habitués crurent un instant que le croque-soif allait se manger la gauche du colosse. À cause d'une allonge honteusement disproportionnée.

Mais rien de tel ne se produisit.

Avec calme, l'homme rajusta son veston, salua l'assistance à la manière d'une miss France fraîchement élue et prit la direction de la sortie :

— Chers amis, bonne journée !

— Et ce n'est pas la peine de revenir ! lâcha Jacquot d'une voix blanche.

Le colosse marqua un temps d'arrêt et se retourna :

— Et toi, lança-t-il à l'adresse du patron, commence tes prières car la prochaine fois, j'te fume !

2

La 206 s'immobilisa au milieu de la plaine.

— Nous sommes arrivés ? s'inquiéta Povert en transe sur le siège du mort.

— On dirait bien, répondit le conducteur.

— Alors, décrivez-moi ce que vous voyez...

Les paupières closes, le capitaine n'avait pas desserré les dents depuis le départ de Rouen. En fait depuis qu'il avait appris que le commandant l'envoyait avec son adjoint en mission afin d'épauler les gendarmes du coin. Une application des nouvelles directives décrétées en haut lieu. Une coopération qui lui paraissait inimaginable pour un flic comme lui élevé dans la haine des militaires.

— Nous sommes garés à environ quarante mètres d'un hangar agricole. Devant nous, il y a des champs à perte de vue. Au loin, quelques fermes isolées et au milieu de tout cela, trois éoliennes dont les pales brassent l'air avec une certaine majesté...

— Arrêtez !

Le ton inquiéta Sanglard. Le capitaine exécrait les voyages. Les espaces ouverts. Les horizons flous. Les mauvais souvenirs.

Les crises d'angoisse aussi.

Sauf que ces derniers temps elles avaient un peu trop tendance à se répéter.

— Ça ne va pas ?

— Comment pourrais-je me satisfaire de ma propre mort ?

À force de se côtoyer, Sanglard avait mis des mots pour décrire le mal rongeant son patron. Une affaire de cœur qui s'emballait au quart de tour. Des coups de poignard qui lardaient la poitrine. Des sensations d'étouffement. Le tout accompagné selon les jours de sueurs froides, de souffle court et de palpitations.

— Voulez-vous que j'appelle un médecin ?

— Non, non ! Il faut que je surmonte seul ma crise. Allez voir de quoi il retourne et revenez m'en informer…

En s'extirpant du véhicule, une brise fraîche cueillit le lieutenant qui regretta du coup sa gabardine oubliée sur une patère de la PJ. Mais ses regrets furent de courte durée. Un gendarme approchait.

Après les salutations d'usage, l'adjudant Thierry mit au courant Sanglard.

La victime était un homme de race blanche, entre 25 et 30 ans, mort depuis une douzaine d'heures selon les premières estimations, qui présentait une plaie ouverte au sommet du crâne. Ce que constata de visu le lieutenant en rejoignant le groupe d'une dizaine de personnes s'agitant autour du corps.

— Qui a découvert la victime ? s'enquit le lieutenant.

— Jean Vanhée, l'agriculteur à qui appartiennent ces terres. Il voulait rejoindre le bois que vous distinguez à votre droite lorsqu'il est tombé sur le corps.

— Il était quelle heure ?

— Aux alentours de 8 heures.

Sanglard consulta sa montre-bracelet, nota qu'il leur avait fallu pas loin de quarante minutes pour venir de Rouen et que les visages qui l'entouraient avaient hâte d'aller se réchauffer.

— ... J'ai aussi omis de vous préciser que l'homme n'avait ni papier ni argent sur lui. De là à privilégier un crime de rôdeur...

— Ce qui est étrange, coupa Sanglard, c'est la localisation même du corps. On le retrouve au beau milieu de nulle part. À quatre ou cinq cents mètres de la plus proche habitation et en même temps à proximité d'une départementale traversant la plaine. Vous avez cherché des indices sur le chemin d'accès ?

L'adjudant tiqua :

— Qu'est-ce que vous croyez ? Qu'on s'est tourné les pouces en vous attendant ?

— Loin de moi une telle pensée, adjudant. Mais puisque nous devons coopérer, mieux vaut mettre tous nos atouts dans le même panier.

Thierry ne put réprimer un geste d'énervement.

— Et maintenant, je peux procéder à l'enlèvement du corps ?

— Non ! Je dois d'abord en référer à mon supérieur. Attendez-moi un instant, je reviens...

L'adjudant regarda le policier s'éloigner avec un mauvais pressentiment.

Trois minutes plus tard, Sanglard était de retour, la mine grave.

— Le capitaine Povert souhaiterait que vos hommes délimitent un espace clos autour du corps.

— Vous pouvez répéter ?

— Il voudrait être seul derrière des bâches pour examiner la victime...

Thierry se mordit la lèvre pour ne pas être grossier.

— Et je les trouve où ?

— Les culs-terreux du coin devraient avoir ça...

Le gendarme crut avoir mal entendu.

— Et vous me donnez combien de temps pour dresser votre corral ?

— Un quart d'heure tout au plus !

Dans sa carrière, l'adjudant avait fréquenté pas mal de *personnages* hauts en couleur. Des édiles, des ecclésiastiques, des propriétaires terriens, des figures du monde sportif ou associatif, mais aucun n'avait jamais affiché une telle morgue. Un tel mépris pour l'environnement dans lequel il évoluait. De quoi faire naître une colère sourde qu'il communiqua naturellement à ses hommes au moment de la répartition des tâches...

Sur son siège, Povert s'impatientait. Il détestait l'inaction. Cette perte de temps qui le renvoyait à ses propres angoisses. À sa phobie des grands espaces.

Pour faire diversion et tuer l'attente, Sanglard commentait, façon horloge parlante, l'édification de l'enclos de fortune. « ... *L'estafette est de retour... Deux gendarmes sortent les bâches...* Conciliabule... *Comment les faire tenir...* Re-conciliabule... *L'adjudant semble s'énerver...* Gestes saccadés et engueulades... *La troupe se déploie en cercle...* Enfin essaye... *Un gendarme tous les deux mètres...* Mauvaise coordination... *Une bâche tombe à terre...* Ça gueule... *Manque évident de cohésion...* La gendarmerie n'est vraiment plus ce qu'elle était ! »

— Ne me dites pas que nous pourrions être la cause de tout ce désordre !...

Sanglard éternua.

Povert sursauta.

— ... Et de surcroît, qu'on pourrait aussi choper la crève ?

— Juste un bon rhume, patron...

Le lieutenant attrapa un paquet de mouchoirs. Se moucha avec un bruit de tuyauterie parkinsonienne. Avant de s'apercevoir que l'adjudant faisait du bras derrière le pare-brise.

— Ils ont l'air d'être opérationnels.

— Alors ne les faisons pas attendre ! Je ne voudrais surtout pas que la maréchaussée prenne racine...

En chien servile, Sanglard s'exécuta.

Parvenu à hauteur des gendarmes, il laissa le moteur tourner et aida Povert à descendre. Puis il le guida en le tenant par le bras à l'intérieur de l'espace clos. Le capitaine s'agenouilla et ouvrit enfin les paupières.

— Bonjour, messieurs. Je suis le capitaine Povert en charge de cette affaire avec votre chef de brigade. Nous allons devoir cohabiter pour le meilleur ou le pire. Alors efforçons-nous d'être les meilleurs ! Et surtout n'allez pas croire pas que les flics sont tous des aveugles, juste des emmerdeurs...

Ce préambule posé, le capitaine se désintéressa des tuniques bleues dont il ne distinguait que les visages rougis par le froid et les boots crottés.

L'adjudant Thierry se tenait à bonne distance, tout à la fois interloqué et intrigué par cet être dégingandé au charisme de congre. Sur la défensive et prêt à mordre.

Comme tous ses hommes, le militaire s'attacha aux gestes de ce collègue en civil.

Povert resta agenouillé un long moment. Immobile. Terriblement absent.

Puis il se leva brutalement, se déplaça de 45° environ. Vint se placer aux pieds de l'homme et mima un coup reçu au sommet du crâne avant de s'affaler de tout son long sur le mort dans un « ooooh ! » collectif outragé.

Sanglard s'approcha inquiet.

— Vous vous êtes fait mal, patron ?

— Trois fois rien lieutenant, mais vous avez certainement noté...

— Que votre conduite est inqualifiable ! lança courroucé l'adjudant en investissant à son tour l'arène.

— Certes, reconnut Povert en se redressant et en époussetant maladroitement les manches de son veston salies dans la chute. Une reconstitution de mauvais goût, je vous l'accorde, mais qui a au moins le mérite de clarifier un point.

— Lequel ? gronda Thierry dont le regard trahissait la colère.

— Cet homme n'a pas été tué ici.

— Comment pouvez en être aussi certain ?

Povert fixa le bout de ses vernis maculés de terre.

— À cause de la position de ses bras, adjudant. Trop prêts du corps. Le réflexe aurait voulu qu'il les ouvre pour amortir sa chute, comme je l'ai fait lors de ma démonstration. Je pense donc qu'il a été tué ailleurs. Où ? À vous de me le dire. Vous avez cherché du côté de la départementale ?

L'adjudant Thierry serra les poings mais se contint en pensant au rapport qu'il allait faire remonter par la voie hiérarchique. Il savait que Berthier, son supérieur, ne ferait pas d'obstruction, trop content d'atomiser les forces d'en face et ces deux zigotos imbus de leur personne.

— Je crois que nous en resterons là pour le moment, conclut l'adjudant, prêt à tourner les talons.

— Vous m'excuserez, mais je n'en ai pas encore fini avec la victime. Sanglard, aidez-moi à bouger le corps !

Thierry se figea en se demandant quelle attitude adopter.

Le chien servile sortit des gants en latex et les enfila. Povert ne prit pas tant de précautions pour attraper les chevilles du mort.

— Êtes-vous prêt, lieutenant ?

— J'attrape quoi ?

— Les épaules... et on le déplace sur la droite. À trois, on y va. Un... deux... trois !

Sanglard grimaça. La victime devait peser dans les quatre-vingts kilos, de quoi raviver un lumbago récurrent. Une tâche qui demanda finalement aux deux hommes plusieurs essais sous les sourires goguenards d'une maréchaussée au moral soudain regonflé.

Puis Povert reprit sa position favorite, recroquevillé sur les talons.

Sous le poids de la victime, l'herbe s'était couchée. Un tapis humide que le capitaine ratissa méticuleusement avec les doigts.

Sans résultat.

— Qu'est-ce que vous cherchez ? lâcha un Thierry plus sarcastique que jamais.

— Rien de précis, adjudant. Mais sait-on jamais... Qu'en pensez-vous Sanglard ?

Le lieutenant n'avait pas à proprement parler d'opinion sur l'exercice auquel se livrait son patron. L'œil hagard, il se contentait de se tenir les reins en maudissant les travaux de force.

— Nous sommes des professionnels, je vous rappelle. Le corps est resté dans la position où il a été trouvé.

— Sans aucun doute, adjudant Thierry. Mais vous auriez pu faire montre d'un peu plus d'initiative. Pour preuve ce que je sens sous l'ongle de mon index...

L'adjudant blêmit tandis que Povert exhibait sa trouvaille.

— Qu'est-ce que c'est ? demanda Sanglard dont la vue commençait à fatiguer.

Le capitaine gratta la terre collée à l'objet et observa avec curiosité les deux petites lamelles surmontées d'une tête dorée.

— On dirait bien une attache parisienne.

— Une attache parisienne ?

— Je suis catégorique, adjudant...

3

Kamel Dridi sécha la larme sur la joue du gosse.

— Bon, maintenant raconte-moi...

Le gamin renifla avant d'essuyer d'un revers de manche énergique un nez fontaine. Une façon pour lui de se donner du courage, n'imaginant pas deux heures plus tôt qu'il finirait dans les mains d'un flic. Beur de surcroît.

— Tout ça, c'est d'la faute de l'autre con !

— Tu parles de qui ?

— Bah de Benji ! C'est lui qu'a eu l'idée…

— Ton frère ?

— Ouais. Un malade qu'a pas de couilles !

— Dis, c'est comme cela qu'on t'apprend à parler à l'école ?

— Non… mais lui, c'est une vraie baltringue !

Attila avait 10 ans. Une bouille de poulbot. Un regard désarmant et un avenir assuré dans la petite délinquance.

— Au fait, tu ne devrais pas être en classe à cette heure-ci ?

— La prof est malade.

— Et personne pour la remplacer ?

— L'école, c'est pas vraiment mon truc…

Kamel pouvait comprendre, même si lui n'avait rien trouvé de mieux pour bousculer les préjugés.

— Et au lieu de regarder bien sagement la télé à la maison, tu es venu faire du tourisme ici ?

— Le hangar va être détruit. On voulait juste récupérer un peu de ferraille…

— Sauf que tu n'as pas trouvé que des métaux.

— Bah non ! Benji était resté à faire le pet dehors. J'avais ma lampe et je fouillais le sol quand j'ai entendu du bruit. J'ai cru que c'étaient des rats. Ça m'fait kiffer grave les mulots !

— Alors tu es venu voir ?

— Ouais ! et c'est là que je l'ai vue, la bonne femme à poil…

— Tu la connais ?

— Non. Mais je m'suis dit que la capote autour du cou, c'était pas normal. J'ai gueulé pour appeler Benji mais ce gros naze s'était barré. Alors j'suis sorti et suis tombé sur vos potes en bagnole. C'est eux qui m'ont chopé…

Attila renifla, les yeux encore pleins de larmes.

— C'est bien, mais explique-moi pourquoi un gros dur de ton calibre pleure comme une madeleine ?

Le regard clair s'assombrit.

— Vous connaissez pas mon paternel, vous ! Quand il va m'voir arriver entre deux RoboCop[1] y va m'tuer.

— Ça m'étonnerait !

— C'est tout vu ! J'suis bon pour être encore privé de foot...

— Et tu aimes ça le foot ?

---

[1] film de science-fiction américain réalisé par Paul Verhoeven et sorti en 1987

— C'est plus cool que les multiplications de la mère Leroy…

— Madame Leroy !

— Si vous le dites…

Kamel réfléchit.

— Et si on te laisse à l'entrée de ta rue, tu me promets que tu ne traîneras plus par ici ?

— Vous feriez ça ?

— Ça se peut…

Dans les yeux d'Attila, une lueur reconnaissante s'alluma.

— Vrai ?

— Aussi vrai que je m'appelle Kamel !

— Alors c'est pas gagné…

Kamel sourit malgré lui. Le ton devait y être pour quelque chose. « Un accent de sincérité dans un monde de dupes », pensa-t-il.

— Bon, maintenant c'est là qu'on se quitte. Heureux d'avoir fait ta connaissance Attila et, si j'ai un conseil à te donner, profite de ta maîtresse pendant que tu en as encore une…

Le flic tendit la main.

Le gosse hésita.

La compromission avait ses limites.

— Dis, c'est ta meuf là-bas ?

Le flic se retourna. Céline était en grande discussion avec les gars de l'Identité judiciaire et le légiste.

— Non. Pourquoi ?

— Parce qu'elle est sacrément bonne ! Elles sont toutes comme ça chez les keufs ?

— Il y en a de plus en plus...

— Je *dream*[2] !

Kamel se dit que les temps changeaient. Les valeurs aussi. La féminisation excessive du corps risquait à terme d'engendrer de nouveaux problèmes.

Le lieutenant abandonna le gosse à un fonctionnaire en tenue avec les consignes pour son retour et rejoignit le groupe.

La victime reposait sur le dos, le regard accroché aux poutrelles du toit. Elle était partiellement dévêtue, le sein droit pointant hors d'un soutien-gorge à la dentelle fanée, la jupe relevée sur un pubis glabre et le collant déchiré, tiré jusqu'aux genoux.

— Madeleine Riboux, annonça Colin de l'IJ, alias Magda. Âgée de 64 ans depuis douze jours, elle réside rue Pierre Chirol à Rouen. Elle est notoirement connue pour ses talents de prostituée.

— Maquée ?

— Pas à ma connaissance. Veuve depuis quinze ans, elle travaille en *free-lance*, plutôt chez elle ou chez quelques clients triés sur le volet. J'ai aussi appris qu'elle fréquentait le *Chien Vert*, un bar-tabac des quais. Quelques plaintes à son actif, mais rien de bien vraiment sérieux...

Kamel en connaissait d'autres tout aussi âgées qui se prostituaient sur les boulevards ou du côté de

---

[2] rêve

Saint-Étienne-du-Rouvray et des Essarts. Des femmes qui n'avaient pas vu leur existence leur échapper ou pire qui n'avaient pas su décrocher à temps, de peur de manquer ou de perdre définitivement leur illusoire jeunesse.

— Kamel, tu penses qu'elle connaissait son meurtrier ? s'enquit Céline, des flammes bizarres dans les yeux.

— Tout le laisse supposer. Sinon comment expliques-tu le choix de ce lieu pour le moins...

— Exotique !

— Ce n'est pas le terme qui me vient à l'esprit... De ce que je vois, je le qualifierais plutôt d'apocalyptique.

— Il y a de ça, reconnut la jeune femme en faisant un tour sur elle-même. Être dans un décor de fin du monde et s'envoyer en l'air, tu dois sacrément prendre ton pied !

— Encore faut-il aimer les gravats et l'humidité !

— Quel rabat-joie ! Tu sais ce qui me ferait vraiment jouir ?

Le flic n'en avait aucune idée. Il faut dire qu'il ne connaissait Céline que depuis quatre petites heures. Sanglard et Povert expédiés à l'autre bout du département, elle aurait normalement dû faire équipe avec Sorel, mais une grossesse à problèmes en avait décidé autrement. Le commandant Hunkeler avait insisté pour qu'il la chaperonne jusqu'au retour de Gantier. Après des oreillons plus que douloureux dont tout le quartier des Coquets à Mont-Saint-Aignan avait entendu parler.

— Je ne vois pas...

— Sur ce coup, Kamel, tu fais pitié. Je t'aurais cru plus imaginatif. Pense à ta copine. Qu'est-ce qui la fait jouir ?

— Arrête si tu veux bien. Tu perds ton temps, je suis célibataire...

— Un mec aussi bien gaulé que toi ?

— Qu'est-ce que tu veux, la vie est injuste...

— Et toi, Colin, qu'est-ce que t'en penses ?

L'officier de l'IJ se gratta le menton à la recherche d'une inspiration.

— En matière de sexe, tout est possible. J'ai même connu une donzelle qui ne prenait son pied que la tête coincée dans la cuvette des chiottes. Une vraie malade ! Et je vous garantis qu'il ne fallait pas trop mollir car la dame était sensible au tempo.

Kamel sourit. Colin n'était jamais le dernier à raconter des bobards.

Céline grimaça.

— Pour avoir déjà expérimenté le concept, je n'en garde pas un grand souvenir. Par contre ce qui me ferait réellement prendre mon pied, genre intensité 10 sur une échelle de Richter du plaisir, ça serait de baiser en plein milieu d'un rond-point. Imaginer que des centaines de regards viendraient m'effleurer la croupe, me file la chair de poule...

Perrois n'y tenant plus s'immisça dans la conversation :

— Excusez-moi chère demoiselle, mais pourrais-je m'entretenir un instant seul à seul avec le lieutenant Dridi ?

Céline regarda effrontément le légiste.

— J'espère au moins docteur que mes propos ne vous ont pas choqué ?

— Mademoiselle, apprenez qu'un homme d'âge mûr comme moi ne s'étonne plus de rien. J'ai compris depuis longtemps que le vice faisait tourner le monde et que cela n'était pas prêt de s'arrêter…

Perrois n'attendit pas d'éventuels commentaires et entraîna Dridi à l'extérieur de l'entrepôt.

— Elle sort d'où ta collègue ?

Le lieutenant haussa les épaules en guise d'ignorance.

— Hunkeler me l'a collée pour la journée. « Pour une première prise de contact avec le terrain », comme il a précisé.

— Méfie-toi de cette nympho, Kamel ! Elle possède le profil type de l'emmerdeuse …

Kamel sortit un paquet de blondes de son blouson et le tendit au légiste. Perrois oublia ses bonnes résolutions et piocha une cigarette.

— … Pour en revenir au cas qui nous intéresse, reprit-il en l'allumant, Madeleine Riboux a bien été étranglée. Mais pas comme le laissait supposer la capote retrouvée autour de son cou. À l'évidence une mise en scène. Sa mort pourrait avoir été provoquée par du fil électrique, une cordelette ou à la rigueur un lacet de chaussure. L'autopsie devrait nous en apprendre un peu plus sur l'arme du crime. Pour le reste, je peux t'assurer qu'elle est venue ici de son plein gré. Je n'ai relevé aucun hématome suspect sur son corps.

— Tu penses que son meurtrier pourrait être un de ses clients ?

— Une hypothèse. Enfin, la plus plausible au vu de nos constatations...

Le lieutenant expira une volute de fumée bleutée.

— Si on doit auditionner toutes ses connaissances, cela risque de prendre du temps... À moins que...

— Quoi ?

— Peut-être qu'elle consignait ses rendez-vous...

— Ma femme le fait bien...

— Alors, nous devons nous attacher à retrouver son planning de la journée. Un agenda...

— Ou son téléphone portable. Deux objets absents du sac que l'on a retrouvé à ses côtés...

Kamel remercia Perrois pour ses éclairages et regagna l'intérieur de l'entrepôt. Il réunit ses hommes et après un très court briefing les lança dans la fouille minutieuse de l'endroit. Un travail de fourmi auquel il prit part, convaincu que les chefs devaient toujours montrer l'exemple.

Céline participa elle aussi à l'œuvre commune mais coupa assez vite ses efforts, persuadée que tout ce déploiement ne servait pas à grand-chose. D'autant plus qu'elle avait dans l'idée de préserver quelques forces pour le cas où elle réussirait à coincer Kamel.

⋛ Mardi ⋚

4

Hunkeler s'était levé d'humeur chagrine. La faute au temps, à une pluie fine qui collait aux vêtements et au pare-brise, aux véhicules englués dans les embouteillages. Peut-être aussi, parce que sa femme n'était pas là pour jouer l'habituelle cartériste zélée, veillant aux détails qui font qu'un homme respectable est perçu sur l'échiquier des pouvoirs comme une pièce maîtresse.

En pénétrant dans les locaux de la PJ, le commandant réalisa que le jaune paille de sa cravate assorti à un Smalto gris clair pouvait créer l'ambiguïté, inférer l'idée d'un certain relâchement, forcément préjudiciable à la réputation du service.

Dans l'ascenseur, il se rassura en pensant qu'une cravate noire oubliée dans un de ses tiroirs pouvait fort à propos lui sauver la mise. Encore fallait-il remettre la main dessus.

Il pénétra dans son bureau, s'assit dans un fauteuil à la profondeur ministérielle et entama ses recherches.

Il attaquait le troisième et dernier tiroir lorsque la porte s'ouvrit brutalement sur le commissaire divisionnaire Danjou.

Le regard charbonneux de celui-ci aviva ses craintes.

— Commandant, vous pouvez m'expliquer ?

Le dossier claqua sur le maroquin comme une condamnation.

Aussitôt, Hunkeler prit la mesure de la menace.

— À quel sujet, monsieur le divisionnaire ?

— Sanglard et Povert !

— Ils n'ont pas été à la hauteur de leur mission ?

— Pas vraiment ! Selon le rapport de l'adjudant Thierry, vos hommes ont fait preuve d'amateurisme, de suffisance et ont bafoué toutes les règles de la procédure. Je ne vous cacherai pas qu'en haut lieu ce dérapage provoque déjà quelque émoi...

Le commandant blêmit.

— Qu'attendez-vous de moi, monsieur ?

— Bon Dieu, que vous repreniez vos hommes en main, Hunkeler ! La gendarmerie est en passe de récupérer seule le dossier. Vous imaginez les conséquences ? À ce propos, vous avez rendez-vous demain matin avec le capitaine Berthier à la gendarmerie de Dieppe pour une explication de texte.

— Explication de texte ou mission de conciliation ?

— Tâchez de réussir, là où vos hommes ont échoué. Me suis-je bien fait comprendre ?

Hunkeler acquiesça, sonné. Il balbutia quelques banalités pour réaffirmer son allégeance et vit son supérieur claquer la porte avec un soulagement certain.

Une fois seul, le tiroir inexploré fit les frais de sa colère.

Le contenu renversé sur la moquette n'apaisa nullement sa tension, tout au plus lui permit-il de mettre la main sur l'accessoire recherché. Le temps d'un échange de cravate et d'une rapide lecture du dossier, il retrouva une fougue de procureur et convoqua dans la foulée les deux prévenus.

Sanglard rappliqua tout sourire. Povert ne mit pas le même empressement. L'âge, peut-être, ou la lassitude. Mais la porte refermée, Hunkeler laissa libre cours à son humeur, façon orage sec au-dessus du Mercantour. Une gueulante comme on en avait rarement entendu à *l'étage des morts*.

Au bout de quarante-cinq minutes d'une mise au point musclée, Sanglard retourna à ses rapports, le moral sérieusement entamé. Une mutation d'office dans le 9-3 étant à ses yeux tout, sauf une perspective d'avenir. Quant à Povert, indifférent aux foudres du petit chef, il alla fureter du côté de l'accueil, discuta un instant avec l'agent de permanence, avant de faire main basse sur la pile de magazines de la salle d'attente. Puis, il réintégra son bureau, un quatre mètres carrés sans ouverture. Une mesure de rétorsion. Hunkeler déjà. Six ans plus tôt.

Après une bonne heure d'effeuillage et de décryptages en tout genre, il rejoignit son adjoint en pleine extase bureautique.

— Pensez-vous Sanglard que nous méritons autant de haine ?

Le chien servile releva le museau, l'œil humide.

— C'est à cause de sa prostate ?

— Je pencherais plutôt pour son ego. Se faire remonter les bretelles par le grand patron en personne n'est jamais chose agréable, surtout lorsqu'on lorgne sa place...

— Hunkeler dans le fauteuil de Danjou ?

— Ambition quand tu nous tiens...

Sanglard avait bien du mal à reconnaître le capitaine. Moribond la veille au soir, il semblait s'être refait une santé pendant la nuit. Une santé doublée d'un fatalisme positif au regard des derniers événements. Povert souriant, c'était aussi rare qu'une implantation d'usine en plein désert ou qu'une régularisation de sans-papiers. Mais assurément un baume efficace après la tempête.

— Regardez Sanglard ce que j'ai trouvé !

Le dernier numéro de *The One* atterrit sur les genoux du lieutenant.

— Mais c'est notre homme ! s'exclama Sanglard en pointant le portrait qui illustrait l'article.

— En personne ! Oslo Kern. Jeune auteur né à Dieppe en 82. En passe de devenir un phénomène de l'édition hexagonale pour avoir vendu près de cent trente mille exemplaires de son premier roman en cinq semaines. Qu'en dites-vous ?

— Que je suis bête ! Ma sœur m'a justement parlé de ce livre la dernière fois que nous nous sommes vus. Un polar. Au fait, j'ai oublié son titre...

— *Le Rouge et le Cambouis.*

— Exact. Cela m'a d'ailleurs fait penser au bouquin de Stendhal. *Le Rouge et le Noir*...

— Il faudrait que vous me le dégottiez !

— Quand ?

— Tout de suite ! ...

Le lieutenant jeta un regard incrédule à son supérieur.

— ... Et pendant que vous y êtes, collectez tous les renseignements que vous pourrez dénicher sur ce Kern. Débriefing dans mon bureau dans quarante minutes !

Les neurones de Sanglard s'affolèrent. Deux mille quatre cents secondes pour courir jusqu'au centre Saint-Sever tout proche et en revenir avec le précieux sésame, puis entreprendre une recherche Internet, voire passer quelques coups de fil, tenait de la gageure. Restait le système D et la nouvelle stagiaire. Mais encore fallait-il lui mettre le grappin dessus...

5

Kamel poussa la porte du *Chien vert* avec une certaine appréhension.

Le lieutenant détestait les bars. Même si, de temps à autre, comme bon nombre de ses collègues, il ne détestait pas boire une bière, un bon cru de

Bordeaux ou plus exceptionnellement une coupe de champagne.

Son dégoût de l'alcool remontait à l'enfance, lorsque sa mère ouvrait la porte à un mari titubant. Un père ayant perdu tous ses repères, après un accident de chantier l'ayant laissé infirme. Un bras payé au prix du béton qui lui avait rapporté une maigre pension après des années de procédure. Un pécule qu'il avait dilapidé sans conscience. Fierté oblige. Parce que les silences de ses gosses étaient plus insupportables que les jérémiades de son épouse.

Peut-être aussi parce que le désespoir était plus fort que sa volonté de vivre.

Son père se prénommait Mohamed. Il avait été renversé un 6 septembre à dix-neuf heures vingt-huit sur un passage pour piétons. « En dehors des clous ! », avait clamé le chauffard assassin. Une façon bien peu orthodoxe d'entamer une nouvelle année scolaire…

Kamel s'amarra au zinc et commanda un Vittel menthe.

La salle avait des allures de cimetière avec ses vieux en pèlerinage. Deux hommes et une femme, assis à des tables séparées, silencieux comme des tombes, murés dans leurs pensées, buvant comme des automates la chaleur qu'ils n'avaient plus en eux.

Le lieutenant exhiba sa carte.

À sa vue, le sourire carnassier du patron se fissura.

— C'est pour quoi ?

Kamel tira de sa poche un portrait de Madeleine Riboux.

— Vous la reconnaissez ?

— Oui, c'est une cliente...

— Et elle vient souvent ici ?

Merlandot croisa les bras, dans une attitude de défiance.

— Tous les matins. Elle semble bien apprécier mon petit Bergerac.

— À part ça, quand l'avez-vous vue pour la dernière fois ?

— Parce qu'il lui est arrivé quelque chose ?

Kamel n'aima pas l'éclat du regard posé sur lui.

— Répondez !

Le détaillant réfléchit.

— Hier, en fin de matinée.

— Était-elle accompagnée ?

— Non... elle vient toujours seule. Boulot oblige.

— Quelle sorte de boulot ?

— Elle passe des SMS et des coups de fil. Par contre l'après-midi, elle doit se sentir beaucoup moins seule. Enfin, je me comprends !

Kamel ne releva pas.

— Comment étaient ses rapports avec les autres clients ?

— Normaux. Vous savez inspecteur...

— Lieutenant.

— Les gens qui se retrouvent ici forment une grande famille et même si parfois, il peut y avoir des brouilles, elles ne durent jamais très longtemps...

— Depuis combien de temps, tenez-vous cet établissement, monsieur Merlandot ?

— Deux ans en janvier prochain, pourquoi ?

— Votre prédécesseur vous avait-il fait des confidences au sujet de cette femme ?

— Ouais. Quelque chose que tout le monde peut deviner en la croisant...

— À part ça ?

— Que son mari était un fieffé salaud !

— Pourquoi ?

— L'homme n'était pas plus handicapé que vous ou moi. Une fois le pot-aux-roses découvert, les organismes sociaux et le fisc sont tombés sur la veuve et comme elle ne pouvait pas rembourser, elle s'est retrouvée à faire le trottoir.

Kamel se désaltéra avant de poursuivre.

— Elle recrutait dans votre clientèle ?

— Probablement. Il y avait des blagues qui couraient à son sujet mais je n'étais pas là pour tenir son planning.

— À ce sujet, vous est-il arrivé de voir où elle notait ses rendez-vous ?

L'homme aux habits de corbeau se rembrunit.

— Attendez ! Moi, je ne suis pas là pour surveiller mes clients ! Jusqu'à preuve du contraire, chacun est libre de faire et de penser ce qu'il veut. Alors n'allez pas vous monter un film. Je ne suis en rien mêlé à son petit commerce...

— Écoutez-moi bien, monsieur Merlandot ! Si j'avais eu le moindre doute sur la nature de vos activités, votre bistrot serait déjà fermé. Alors je vais vous répéter ma question...

— Pas la peine. Je crois qu'elle notait ça dans son portable...

Kamel sortit un billet pour payer la consommation.

— Je vous en prie inspecteur, pour cette fois, c'est moi qui régale !

Le lieutenant remballa ces 5 euros.

« Le monde était-il en train de muter en profondeur ou s'adaptait-il encore et toujours aux bonnes vieilles combines ? » se demanda l'officier en prenant congé. Même s'il se doutait que derrière son dos, l'histoire pourrait être déformée, voire réécrite.

La rue absorba le silence de sa fuite.

Il pleuvait toujours. Une semoule fine et pénétrante.

Face à lui, la ville aux cent clochers disparaissait dans une brume statique.

Il sortit une cigarette d'un paquet vide, l'alluma en pensant que derrière lui, il y avait de quoi reconstituer le stock.

Un effort au-dessus de ses forces.

La Seine était à quelques pas. Invisible et paresseuse.

Kamel s'était toujours senti attiré par les fleuves. Ces serpents d'eau qui ondulaient pour rejoindre les océans. Ces bras infinis aux humeurs mêlées. Tout à la fois porteurs d'espoirs et gardiens de la mémoire. Si apaisants lorsqu'on prenait le temps de les écouter.

Il releva son col et traversa le boulevard.

Sur le trottoir d'en face, il découvrit enfin le poumon de la ville et ses eaux languides portées par le courant vers des horizons plus épicés.

En tournant la tête, il remarqua deux péniches qui se croisaient au niveau du pont Jeanne d'Arc.

Sans raison, il s'attacha à la progression de l'Espérance de Gand qui filait en amont vers l'île Lacroix. Un embarquement qui dura jusqu'à ce que la péniche disparaisse de sa vue sous les arches du pont Boieldieu.

Il allait reprendre sa route lorsqu'une main noueuse crocha son avant-bras.

— Excusez-moi, jeune homme mais j'ai entendu votre conversation…

Le vieillard était tout essoufflé.

— … Vous savez, je n'ai plus mes jambes de 20 ans, mais je tenais à vous parler…

Kamel lui laissa le temps de reprendre son souffle.

— Comment vous appelez-vous ?

— Jacky Demars. J'ai bossé toute ma vie sur le port. J'étais docker. Et depuis que je suis en retraite, je passe mes journées au *Chien vert*.

— Vous connaissez donc toutes les histoires du quartier ?

— Ouais et elles ne sont pas toutes bonnes à raconter. Surtout depuis que Merlandot a repris le commerce.

— Pourquoi ?

— Ce mec est raciste. Il déteste ses clients, juste bons à remplir son tiroir-caisse. Avec Antoine, c'était différent...

— L'ancien patron ?

— Oui. Un mec bien qui avait le respect de ses consommateurs. Avec Jacquot, c'est autre chose. Il vous sourit par devant, mais vous assassine dès que vous avez le dos tourné.

— À quoi faites-vous allusion ?

Jacky se racla la gorge.

— Pas plus tard qu'hier matin, il s'est engueulé avec Ruben. Une engueulade comme je n'en avais jamais entendu.

— À quel propos ?

— Ruben voulait fumer dans le bistrot. L'autre a vu rouge et a sorti sa pétoire. J'ai cru qu'il allait le flinguer sur place.

— Quel rapport avec Madeleine Riboux ?

— Lorsqu'il est sorti, Madeleine lui a emboîté le pas. Par solidarité. Même qu'elle a dit au patron qu'elle ne remettrait plus jamais les pieds dans un bar aussi mal famé. Jacquot était hors de lui. Même qu'après il n'a pas arrêté de balancer des insanités sur leur compte.

— Du style ?

— « Qu'il en avait marre de côtoyer des dégénérés ! », « Qu'une pute n'était bonne qu'à se faire enculer ! » et aussi « Que si elle repassait la porte, il lui ferait la peau ! »

— Vous êtes sûr de l'expression ?

— Aussi sûr que je vous parle !

Kamel se demanda jusqu'à quel point il pouvait accorder sa confiance au vieil homme.

— Maintenant, dites-moi ce que vous savez sur ce Ruben.

— C'est un Ch'ti.

— Avec un prénom à consonance sud-américaine ?

— Ouais, ça nous a tout de suite interpellés... Mais il nous a expliqué que Ruben lui paraissait plus convivial. D'origine polonaise, il a un nom à coucher dehors. En ski. Quelque chose comme Richard Kowialsceski. Ou Kowalski. Ou Karelvalski. J'ai oublié...

— Et vous savez où cet homme habite ?

— Pas très loin d'ici. Juste derrière vous, lieutenant. Rue Pierre Chirol...

Une rue déjà évoquée dans le rapport de l'IJ.

L'officier de police remercia chaleureusement le vieil homme avant de prendre la direction de l'ancienne préfecture.

6

La campagne normande transpirait, un voile qui la rendait grise et mystérieuse, pas vraiment attirante.

Ce qui n'était pas le cas de la passagère de Sanglard.

La jeune fille fixait la route avec une moue boudeuse, pas vraiment à son avantage.

— Ma conversation vous ennuie tant que ça ? s'enquit le lieutenant en quittant l'A151, par la sortie Belmesnil, Bacqueville-en Caux.

— Je suis malade en voiture...

— De là à me faire la tête. Qu'est-ce qui ne va pas ?

Sanglard avait l'habitude de jouer les nounous. Mais il détestait foncièrement les monologues, surtout lorsque ceux-ci duraient depuis quarante bornes.

À ses côtés, Céline Cauchy avait l'impression d'avoir été manipulée.

Convaincue qu'elle referait équipe avec Kamel, elle ne s'était guère pressée pour rejoindre l'hôtel de police. Mais à son arrivée, le bel oiseau s'était déjà envolé.

Baladée de bureau en bureau, elle avait fini dans les pattes de Sanglard. Un flic ventripotent malgré ses 35 ans qui n'avait, selon ses propres critères, pas plus de charme qu'une horloge franc-comtoise.

— Qu'est-ce qu'on va foutre en pleine cambrousse ?

— Chercher de nouveaux indices sur les lieux mêmes où l'on a retrouvé le corps d'Oslo Kern.

— La nouvelle star du polar ?

— L'auteur que la presse encense. Vous avez lu son bouquin ?

— J'aime pas lire.

— Si vous me permettez un conseil, il va falloir vous y mettre...

Céline se détourna de la route et observa quelques secondes le profil de son chaperon.

— Ça fait longtemps que vous faites ce boulot ?

— Une douzaine d'années.

— Pas plus ?

— Non. Cela vous pose un problème ?

— Vous avez l'air au bout du rouleau...

Sanglard partit à rire.

— Je rentre tout juste de congé. Qu'est-ce que vous auriez dit en me voyant il y a un mois !

— Je vous rassure, vous n'êtes pas encore dans l'état de votre chef. Lui, on dirait carrément un mort-vivant. Qu'est-ce qu'il a au juste ?

— Il est phobique, à un point que vous n'imaginez même pas !

— Quel genre de phobie ?

— La peur des grands espaces.

— C'est pour cela qu'il ne nous a pas accompagnés ?

— En partie. Il souhaitait lire aussi *Le Rouge et le Cambouis*.

— C'est nul comme titre !

— Nul ? Vite dit. L'auteur en a quand même écoulé plus de cent mille. Ça doit faire un sacré paquet de droits d'auteur.

— Qu'est-ce qu'il en a à foutre maintenant qu'il est mort ! Ah, au fait, c'est encore loin ?

Le lieutenant ignora la question.

À la sortie de Luneray, il prit la direction de Saint-Valéry-en-Caux. Puis après La Gaillarde et quelques virages réclamant toute son attention, il stoppa au milieu de la plaine.

L'endroit ne donnait guère envie de s'y arrêter.

Devant eux, trois éoliennes, impressionnantes et immobiles, clignotaient en attendant la prochaine dépression.

— Alors c'est là qu'il s'est fait buter ?

— Pas exactement. C'est à cet endroit que son corps a été retrouvé. Mais les premières analyses montrent qu'il était déjà mort avant d'être abandonné ici…

— Et il est mort comment ?

— D'un violent coup porté à l'arrière du crâne provoquant une plaie ouverte d'une bonne quinzaine de centimètres.

— Et on est censés faire quoi ici ?

— Inspecter le chemin d'accès et ses abords, à la recherche d'indices que l'on aurait négligés lors de notre première visite.

— Quel genre ?

— Tout ce qui vous paraît incongru dans un tel environnement...

Céline souffla en regardant ses bottes.

— Je vous préviens, je ne vais pas foutre en l'air une paire à 500 euros...

Sanglard haussa les épaules, contrarié.

— Si l'apparence de vos bottes vous préoccupe plus que l'enquête, alors attendez-moi ici !

— Mais qu'est-ce que je vais faire ?

— Vous demander si vous êtes vraiment faite pour ce métier...

Le lieutenant sortit du véhicule en claquant la portière, au bord de la crise de nerfs. Cette nana avait décidément le don de le mettre à cran.

La douceur humide le dessoûla.

Volontairement, il avait laissé le véhicule au niveau de la départementale, à environ quatre cents mètres du lieu où le corps avait été retrouvé.

Abandonnant l'axe principal, il s'engagea sur une route plus étroite et entama ses recherches. Pour cela, il sortit une canne télescopique de sa gabardine et se mit à sonder les bas-côtés.

Au bout d'une demi-heure d'efforts, il parvint enfin à l'embranchement qui menait au hangar agricole. De là, il reprit son travail de fourmi qui n'était pas pour lui déplaire.

Il avait ratissé la moitié du chemin lorsque son portable se mit à bourdonner.

— Alors qu'est-ce que cela donne ?

Sanglard reconnut la voix de Povert.

— Pas grand-chose, patron. Je me demande même si je ne suis pas en train de m'épuiser pour rien...

— Plaignez-vous, vous êtes en charmante compagnie !

— Parlons-en ! La garce est restée dans la voiture...

— C'est peut-être mieux ainsi. Dites-moi Sanglard, qu'est-ce que vous trimballez dans vos poches ?

Le lieutenant chercha un lien direct avec l'enquête en cours.

— De quoi jouer les MacGyver[3] comme d'habitude.

— Bon, avez-vous toujours vos trombones ?

— Oui.

---

[3] Héros d'un série américains éponyme, **Mac Gyver** utilise astucieusement des objets du quotidiens pour résoudre des problèmes comme s'évader, désamorcer un explosif, etc.

— Vous allez m'en déposer trois à proximité de l'endroit où l'on a retrouvé l'attache parisienne, légèrement enfouies pour que cela paraisse vraisemblable.

Sanglard se demanda quelle mouche avait piqué Povert.

— Si je vous ai bien compris, je dois essaimer de fausses pièces à conviction ?

— C'est ça, mon vieux !

— Avez-vous bien conscience de ce que vous me demandez ?

— Tout à fait. En cas de problème, on invoquera l'état de vos poches…

Le lieutenant ne voyait pas l'initiative d'un bon œil.

— Je peux connaître le fond de votre pensée ?

— Je dirais que c'est un petit cadeau à l'intention de nos amis les tuniques bleues. En les expédiant sur une fausse piste, on gardera une longueur d'avance sur eux.

— Prions pour qu'on ne se fasse pas toper !

— Rassurez-vous Sanglard, le 9-3 n'est pas aussi terrible qu'on veut bien le dire ! Je vous fais confiance, vous êtes l'homme de la situation. Finissez le travail, puis poussez jusqu'à Saint-Valéry. Vous irez interroger Marie Cornillet. C'est la mère d'Oslo Kern. Elle habite la sente du Poteau…

Fébrile, Sanglard fouilla ses poches. Cette histoire de manipulation le mettait mal à l'aise. Mais

Povert devait savoir ce qu'il faisait et comme il n'était pas du genre à contester un ordre, il s'exécuta après avoir effacé d'éventuelles empreintes.

7

Kamel avait fait le vide en lui. Il avait suivi le quai Cavelier-de-La-Salle puis traversé la Seine en direction du Théâtre des Arts. Une fois au cœur de la cité, il avait remonté la rue Jeanne d'Arc avant de bifurquer à droite, à l'angle du Palais de Justice, afin de rejoindre l'espace du même nom.

Le lieutenant se laissa porter par l'escalier roulant et investit un des lieux les plus fréquentés de la ville.

Il y avait affluence, essentiellement des jeunes venus se divertir entre deux cours, des fanas de jeux vidéo et de musique, des passionnés de technologie toujours prêts à en découdre par écrans interposés.

Kamel fit un tour dans le rayon des CD, écouta quelques nouveautés avant de passer dans l'espace livres. Là, il compulsa des ouvrages dont certains traitaient de philosophie, conscient qu'il avait dans cette discipline des lacunes à combler. La lecture de Nietzsche restait pour lui une source de souffrance après un 7 peu glorieux obtenu au bac. Mais il ne désespérait pas un jour de pouvoir évoquer l'œuvre du philosophe avec plus de bienveillance…

Le lieutenant gagna l'auditorium et s'assit au milieu de gens absorbés par leur lecture. Puis il sortit le carnet qui ne le quittait jamais et consigna d'une écriture scolaire les termes suivants :

Madeleine Riboux, 64 ans. Morte par strangulation. Domiciliée rue Pierre Chirol.

Jacques Merlandot, propriétaire du Chien vert. Homme violent. A proféré des menaces à l'encontre de Madeleine Riboux et de Ruben.

Ruben. D'origine polonaise. Instigateur et victime du coup de sang de Merlandot. Domicilié également rue Pierre Chirol.

Attila. Domicilié rue de la République à Petit-Quevilly.

Découverte de la victime : hangar, rue Léon Malétra à Petit-Quevilly.

Portable introuvable.

Absence de numéraire.

Avec le recul, ce dernier point lui posait problème.

En retrouvant le fracas de la rue, le lieutenant téléphona à Colin de l'IJ et, en quelques mots, lui expliqua son souci. Ce dernier reconnut qu'il avait, comme ses collègues, zappé la question...

Pour le retour, Kamel emprunta le métro, un trajet de quelques minutes lui évitant la pluie qui s'était mise à tomber dru. Mais avant de réintégrer son bureau rue Brisout de Barneville, il fit un détour par la rue de Chirol où il s'attaqua aux cages d'escalier.

À la quatrième, Ruben n'était plus un parfait inconnu.

Richard Kowakiewski habitait au second.

Kamel s'annonça à l'interphone et l'homme ne fit aucune difficulté pour le recevoir.

Il était aux alentours de 17 heures. Le lieutenant n'avait pas l'impression d'avoir complètement perdu son après-midi. Ce qui n'aurait pas été le cas s'il avait fallu traîner la stagiaire.

Ruben était un homme d'un mètre quatre-vingts environ. Plutôt bien conservé pour ses 59 ans avoués, il affichait une stature de costaud avec une tête en ogive sur laquelle de rares cheveux tentaient de s'accrocher. Une moustache au cordeau épousait la lèvre supérieure et renforçait une impression de caractère bien trempé.

Richard Kowakiewski pria Kamel de s'asseoir sur le canapé, tandis qu'il s'installait sur une chaise.

L'intérieur semblait bien tenu et même si le mobilier pouvait paraître disparate, la somme des souvenirs exposés qui rappelaient ses origines slaves donnait une unité à l'ensemble.

— Alors qu'est-ce qui vous amène lieutenant ?

Kamel s'était préparé à la question.

— On nous a signalé la disparition de Madeleine Riboux. Elle fréquentait comme vous le *Chien vert* et nous savons qu'elle vous a parlé hier matin. Quelle était la teneur de cette conversation ?

L'homme au physique de catcheur sourit.

— Je vois qu'on a cafté dans mon dos. En fait, Magda et moi, nous nous sommes engueulés.

Kamel dressa l'oreille.

— À quel sujet ?

— Attendez, il faut remettre ça dans le contexte. Hier matin, je suis arrivé au *Chien vert* dans un état de colère avancée. La faute aux médias qui n'arrêtent pas de nous bassiner à longueur de journée avec des interdictions en tout genre. On ne doit plus fumer, boire, manger gras, rouler vite, s'envoyer en l'air… et je vous fais grâce du reste du catalogue.

— Venons-en au fait, s'il vous plaît monsieur Kowakiewski.

— J'y viens. En entrant, j'étais énervé de l'intérieur mais rien ne le laissait transparaître. J'ai acheté un paquet de cigarettes, alors qu'il y a plus de vingt ans que j'ai arrêté de fumer, et j'ai commandé une bière. Et puis, j'ai commencé à déconner. Vous n'imaginez pas le bien que ça fait de s'attaquer aux interdits !

— Mais ça n'a pas été du goût du patron.

— En effet ! Très vite il est parti en sucette. Moi, je n'attendais que ça. J'étais là pour le faire chier. Mais la mayonnaise a tourné lorsqu'il est allé chercher son fusil de chasse et qu'il l'a chargé. Et là, j'avais tout à craindre d'un mec qui vote à chaque élection le Front National…

— C'est là que vous êtes sorti ?

— Ouais, mais en soignant mes adieux. Je l'ai même averti que la prochaine fois qu'on se retrouverait, je le « fumerais ». Mais il n'a pas eu l'air de goûter mon humour.

— Et Madeleine Riboux vous a suivi ?

— Exact. Elle se sentait solidaire de mon action. Sauf qu'une fois sur le trottoir, on s'est senti comme deux poireaux dans un champ de patates.

Le lieutenant visualisa la métaphore.

— Qu'avez-vous fait après ?

— Elle a voulu que j'aille chez elle mais j'ai refusé. Madeleine n'est pas une personne foncièrement désagréable mais elle a toujours besoin de materner. Moi, ce n'est pas mon truc. Et puis, elle s'est mise à parler du fric qu'elle me devait. Ça m'a gonflé. Ce n'était pas le jour…

— Elle vous devait une grosse somme ?

— Quelque chose comme 10 000 euros. Mais pour moi, le fric n'a aucune importance. Je le lui ai avancé parce qu'elle était dans la merde. Voir une femme comme elle être obligée de se prostituer, ça fait mal au cœur. Alors qu'elle me rembourse demain ou dans six mois, je m'en contrefous…

Kamel se demanda s'il devait lâcher l'info. Une info toujours pas divulguée dans la presse.

— À part, cela, quelle est la nature de vos rapports ?

— Elle sait qu'elle peut compter sur moi.

— Qu'entendez-vous par là ?

— Je lui rends de menus services. Les femmes ont toujours besoin d'un bricoleur pour monter un meuble ou accrocher une étagère. À une ou deux reprises, j'ai même dû faire le coup de poing...

— Expliquez-vous.

— Le monde de la rue est violent, surtout dans le milieu que fréquente Magda. On accepte difficilement la notion de concurrence, alors une femme seule peut être confrontée à quelques tracas.

— Quel genre ?

— Un mac est venu plusieurs fois la menacer. Elle devait s'exiler sinon elle s'exposait à des représailles. Elle m'en a parlé et je suis allé voir le type en question. J'avais cru qu'il m'avait compris. Au lieu de cela, la semaine suivante trois Béninoises passaient Magda à tabac. Le lendemain, je coinçais le mac et lui montrais, preuve à l'appui, que je n'étais pas encore manchot. Il s'est tenu à carreau quelque temps puis il est revenu à la charge. Il lui a fallu une dose de rappel. Depuis, elle n'a plus aucun problème.

— C'était quand ?

Ruben lissa le peu de cheveux qui lui restait, à la recherche de repères.

— Deux ou trois ans, mais c'est peut-être plus ancien. Les dates et moi, on n'est pas copain. Je vous avouerai même qu'il m'arrive d'oublier la date de mon propre anniversaire.

Kamel compatissait. Lui-même souffrait du même mal, provoquant des drames familiaux à chaque fois qu'il omettait un événement à fêter.

— Vous connaissez le nom de ce mac ?

— Tout le monde l'appelle Jay-J. J'ai cru comprendre que son surnom fait référence au rappeur new-yorkais Jay-Z. Une pointure dans le milieu du hip-hop, paraît-il.

— Et où a-t-on le plus de chance de le trouver ?

— Dans le quartier du Château-Blanc. Mais si vous le croisez, ne lui dites surtout pas que c'est moi qui vous ai vendu la mèche. Il pourrait se venger sur Magda...

Le lieutenant se leva pour prendre congé.

— Vous partez déjà ? s'étonna Ruben. On a eu à peine le temps de bavarder.

— J'ai votre amie à retrouver...

— C'est vrai, j'oubliais. Vous me ferez signe quand vous aurez de ses nouvelles ?

— Je n'y manquerai pas. Au fait, savez-vous si elle a de la famille ?

Ruben se prit le menton.

— Un fils, je crois. Mais j'ai peur de vous dire des bêtises.

— Ça ne fait rien monsieur Kowakiewski, je vérifierai. Merci pour votre collaboration.

— Je vous en prie. Si je peux rendre service. Pour une fois qu'un flic ne vient pas pour me coller une prune...

Les deux hommes se serrèrent la main.

— Ah, une dernière chose. Pourquoi vous faites-vous appeler Ruben ?

— J'ai un nom imprononçable et une certaine attirance pour le Brésil. Je trouvais que cela sonnait mieux…

Sur le chemin du retour, Kamel médita sur la problématique du patronyme et du prénom. Ce choix qu'imposent les parents à leur descendance sans toujours mesurer le poids de cette responsabilité.

Le lieutenant se promit à l'occasion de soumettre le problème à Attila.

8

Sanglard se gara derrière un véhicule de livraison et coupa le moteur.

— On est arrivé ? s'enquit Céline en clignant des paupières. Je crois bien que je me suis assoupie…

— Je confirme. Vous êtes comme ma femme. Un parcours en voiture et elle s'endort.

— Pardon lieutenant mais je ne suis pas votre gonzesse ! Juste une stagiaire qui se traîne dans une caisse pourrie menée à un train de limace.

Sanglard rougit tel un communiant pris la main dans les dragées.

— Vous en avez de bonnes ! Tout le long du trajet on est resté bloqué derrière un semi-remorque qui n'avançait pas, protesta-t-il. Je n'ai jamais pu le doubler...

— C'est ce que vous dites. Je croyais que tous les flics étaient des as du volant. Et votre gyrophare, il sert à quoi ?

— On l'utilise en cas de nécessité. Dans une course-poursuite, par exemple.

— Et là, c'est pas une urgence ? Annoncer à une mère que son fils est mort, vous appelez ça comment, vous ?

— Je vous informe que cette femme est malheureusement déjà au courant. Les gendarmes l'ont prévenue hier après-midi.

— Alors, pourquoi devons-nous nous rendre chez elle ?

— Pour lui poser d'autres questions.

— Moi, je peux vous assurer qu'avec ma mère ça ne se passerait pas comme ça. Répéter à des flics ce qu'elle aurait déjà dit à des gendarmes, elle les envoie bouler grave au bout de trente secondes.

— Peut-être, mais ici nous ne sommes pas dans une fiction et, à ma connaissance, c'est elle qui a insisté pour nous recevoir.

— Pipeau !

Encore une fois, le lieutenant regretta de s'être chargé de la stagiaire. Car au rythme où s'enchaînaient leurs prises de bec, il avait bien peur de finir chez les cinglés avant la fin de l'après-midi.

— Dans tous les cas, je vous recommande la plus grande discrétion. C'est moi qui mènerai l'entretien. Vous vous contenterez d'écouter. Bien compris ?

— Si vous voulez, je peux aussi rester dans la bagnole pendant qu'on y est !...

Sanglard fit semblant de ne pas avoir entendu mais en son for intérieur, il maudit cette jeunesse décomplexée, sans respect pour les valeurs établies. Un argument de plus dans son refus d'engendrer une descendance, même si sa femme le pressait de passer à l'acte. « *Tu ne te rends pas compte, Jérôme, à ce rythme-là, nos enfants risquent d'atteindre leur majorité alors que tu seras déjà en retraite. Tu imagines s'ils veulent poursuivre des études ? Avec quel argent ?* »

Le lieutenant n'attendit pas que Céline descende pour annoncer leur visite.

Dix secondes plus tard, les vantaux du portail électrique s'ouvraient sur une allée qui menait à une demeure de caractère d'inspiration anglo-saxonne.

En se retournant, l'officier constata avec satisfaction que son équipière d'un jour lui avait emboîté le pas, mais à contrecœur, semblait-il, la tête basse et la démarche traînante.

Un jeune homme empreint de gravité les accueillit sur le perron.

Sans être très physionomiste, le lieutenant remarqua des similitudes entre leur hôte et la photo d'Oslo Kern parue dans le magazine people. Une hypothèse confirmée par la maîtresse des lieux elle-même, une fois les présentations faites.

Simon Cornillet avait deux ans de moins que son frère.

À côté de son fils, madame Cornillet paraissait d'une fragilité extrême, une impression étayée par un teint blême et des cernes bistre sous les yeux, les stigmates d'un chagrin à peine consommé.

Marie entraîna ses visiteurs au salon. Face à eux, une large baie vitrée aspirait la lumière extérieure tout en offrant une vue exceptionnelle sur de flamboyants massifs floraux aux nuances automnales.

Sanglard adorait les fleurs et cette vision le remplit d'une allégresse propice à lui donner du courage.

— Madame, ma collègue et moi, nous essayerons d'être aussi brefs que possible. Le capitaine Povert souhaitait avoir quelques éclaircissements...

— Je comprends. Si j'ai accédé à sa requête, c'est au nom de l'amitié que je lui porte. Savez-vous que Lucien et moi, nous nous sommes connus au collège ?

Le lieutenant tomba des nues car Povert s'était bien gardé de l'en informer.

— Non, j'ignorais...

— Ensemble, nous avons même poursuivi un temps nos études à la fac de Rouen avant que nos routes divergent. Il est entré dans la police tandis que je tombais dans le piège du mariage, pour divorcer quinze ans plus tard en me demandant encore aujourd'hui ce qui avait bien pu me séduire chez le père de mes fils.

— Pardonnez-moi cette question, mais êtes-vous toujours en relation avec cette personne ?

— Oui. Mon ex-mari habite Bois-Guillaume. Et le plus troublant, c'est que nous nous croisons chaque printemps au Salon du livre de Paris.

— Il est auteur ?

— Oui. Comme moi. Nous mitonnons l'un et l'autre des polars. De facture différente, il va de soi. Lui s'acharne à tisser des romans ancrés dans le terroir local. Moi, je préfère jouer avec la perversion des plantes. Ce que les éditeurs en mal d'imagination désignent comme du « Polar écolo ».

Avec ces révélations, Sanglard comprenait mieux l'atavisme d'Oslo Kern pour la « littérature de gare ».

— Votre fils a tout naturellement suivi les traces de ses parents ?

— Détrompez-vous, lieutenant. Jusqu'à l'âge de 24 ans, il s'est exclusivement consacré à ses études. Il voulait devenir médecin. Et puis en sixième année, sans raison apparente, il a tout plaqué. À la suite de quoi, il s'est inscrit dans une boîte d'intérim et a assuré une multitude de petits boulots. Cette année-là, Lucien l'a même embauché pour classer des dossiers dans vos services...

Le lieutenant se dit que pour cette nouvelle omission Povert n'allait pas s'en tirer à si bon compte.

— Quand avez-vous vu votre fils pour la dernière fois ?

— Dimanche soir. Il est passé en coup de vent vers 18 heures. Il revenait d'une séance de dédicaces au Havre. Il a fait spécialement le détour pour venir m'embrasser.

— Et à cette occasion, comment l'avez-vous trouvé ?

Marie Cornillet tira un mouchoir de sa manche et rattrapa une larme sur le point de rouler.

— Le succès de son livre lui donnait des ailes. Je l'ai trouvé rayonnant, plein de projets. Il m'a même parlé d'une possible adaptation cinématographique.

— Combien de temps est-il resté ?

— Trois quarts d'heure tout au plus. J'ai bien tenté de le retenir mais il devait honorer un dîner à Yvetot.

— Et après, plus aucun contact ?

— Non ! Il devait rentrer sur Paris. Son planning pour les semaines à venir était démentiel. Nous nous étions juste promis de passer ensemble l'un des deux prochains réveillons.

— Je vois... Maintenant, revenons à ce dîner à Yvetot. Vous a-t-il fourni des détails ?

— Non, lieutenant. Mes fils sont depuis longtemps autonomes et responsables. J'ai perdu l'habitude de les questionner...

— Et vous, Simon, avez-vous vu votre frère à l'occasion de cette visite ?

— Non ! Je disputais un match de football à Fécamp. On l'a d'ailleurs gagné. Après ça, on est allé fêter la victoire dans un bar à deux pas du casino. J'ai dû rentrer vers 21 heures.

Sanglard connaissait l'endroit. Un lieu idéal pour observer en toute tranquillité les mouvements de la rade.

— Vous habitez toujours chez votre mère ?

— Oui, enfin les week-ends. Dans la semaine, j'ai une piaule à Rouen. Je suis en dernière année d'un master bio-informatique.

— Qui vous mènera à quoi ?

— À un diplôme d'ingénieur qui me permettra de me consacrer à la recherche, mais je n'ai encore rien finalisé. Une expérience à l'étranger me tenterait assez...

Céline buvait du petit-lait. Sanglard beaucoup moins. Malgré les consignes du capitaine, il avait peur de passer à côté d'une question cruciale.

— Revenons maintenant, madame, à la personnalité de votre fils. Avant de connaître le succès, comment était-il ?

Marie souffrait. C'était visible. Malgré une volonté certaine pour résister au chagrin, son visage se décomposait de minute en minute. Dans sa main, le mouchoir avait de plus en plus de mal à contenir les offensives lacrymales.

— Pour être franche, j'évoquerai deux attitudes. La première, travailleuse et insouciante jusqu'à ce qu'il abandonne ses études. La seconde, secrète et inexplicable.

— S'est-il confié sur ce brusque changement de comportement ?

— Non. Et c'est là tout le mystère. Même son père n'a pas d'explication.

— Une dernière chose, madame, si vous permettez. Pourquoi ce pseudonyme d'Oslo Kern ?

— Vous connaissez comme moi les réticences des maisons d'édition à promouvoir de jeunes auteurs. Le nom de Cornillet ne semblait pas le meilleur gage de succès. Alors mon fils a eu une bonne intuition en combinant l'exotisme nordique aux racines celtes d'une branche de la famille. Un de ses arrière-grands-pères se prénommait Kern. Un cocktail gagnant si l'on s'en réfère aux derniers classements des magazines littéraires...

Sur un sanglot mal maîtrisé, le lieutenant eut pitié de son hôtesse et mit fin à l'entretien.

Il n'avait pas épuisé son lot de questions, mais il ne se sentait plus le cœur de poursuivre. Le malaise le gagnait...

Dans la rue, Céline lui en fit amèrement le reproche :

— Ne me dites pas qu'on a fait tous ces kilomètres pour ramener aussi peu de biscuits ? Ça craint ! Moi qui croyais que vous alliez les pousser dans leurs derniers retranchements, je reste sur ma faim... Tenez, vous avez même oublié de leur poser la seule vraie question intéressante !

— Laquelle ?

— Si quelqu'un parmi eux se servait d'attaches parisiennes !

Sanglard blêmit, terrassé par l'énormité de sa bévue, paralysé à l'idée d'avouer à Povert qu'il était totalement passé à côté du sujet, une faute de débutant difficilement excusable.

— ... Et maintenant, qu'est-ce qu'on fait ? demanda la stagiaire, réjouie par la mine déconfite de son aîné.

— On rentre.

— Est-ce que je peux conduire ?

— Mauvaise pioche !

— C'est vous qui le dites. Mais moi, je n'ai pas envie de me traîner le cul comme à l'aller. J'ai rendez-vous à 19 heures chez mon dentiste, rue des Carmes. Il est précisément 18 h 20. Alors ça urge grave !

— Et merde !

De dépit, le capitaine lança les clés à sa coéquipière et s'assit à la place du mort.

— Pendant que vous y êtes, vous pourriez me trouver le numéro du lieutenant Dridi...

— Et puis quoi encore ?

9

Kamel regardait la télévision lorsque son portable sonna.

À moitié endormi, il bondit du canapé où il était avachi, attrapa à la volée la télécommande, baissa le son en tapotant la touche adéquate et glissa jusqu'au couloir en évitant le citronnier qui prenait de jour en jour de plus en plus d'importance. Dans sa précipitation, confronté à l'obscurité du corridor, il écrasa malencontreusement sa dernière paire de mocassins et se cassa un ongle en se saisissant de l'appareil posé sur le guéridon de l'entrée.

— Allô ? bougonna-t-il en suçant son ongle à vif.

— C'est moi...

— Qui toi ?

Mais en même temps qu'il posait bêtement la question, une petite voix intérieure l'alerta.

« *Pas elle ?* », eut-il le temps de penser avant que le timbre ne revienne chatouiller son conduit auditif.

— Céline. Tu sais la stagiaire...

Comment aurait-il pu l'oublier ?

— Qu'est-ce que tu veux ? Il est tard et j'ai eu une rude journée...

— Moi aussi. C'est pour cela que je t'appelle. Je voudrais discuter.

— Ça ne peut pas attendre demain ?

— Non. J'ai plein de choses qui tournent dans ma tête et, si je ne peux pas vider mon sac, je sais que je ne vais pas dormir.

— Il s'agit de quoi ?

— Ça serait peut-être plus facile si je montais tout t'expliquer.

— Mais t'es où ?

— Bah, au pied de ton immeuble, Kamel ! Alors, tu ouvres ?

— Non ! Là, je suis crevé et je vais me coucher… Comment faisais-tu avant de m'avoir croisé ?

— J'allais chez ma mère mais depuis qu'elle s'est dégoté un nouveau mec, ce n'est plus possible. Y a que toi pour me sauver la mise !

— Mais tu ne comprends pas que j'ai besoin de repos ! Demain, promis…

— Je crois que si tu ne m'ouvres pas, je vais faire une connerie !

Exaspéré par le ton pleurnichard, Kamel coupa la communication.

— Pas le temps de reprendre ses esprits que l'interphone bourdonnait.

— Qu'est-ce que tu veux encore ?

— Je crois qu'on ne s'est pas bien compris. Quand je te dis que je vais faire une connerie, ce n'est pas du flan. Tu habites quel étage ?

— Qu'est-ce que ça peut te faire ?

— Quatrième. Appartement 42. Suis-je bête, c'est marqué sur le digicode.

— Ça va te servir à quoi ?

— Tu vas bientôt le savoir...

Cette fois-ci, c'est elle qui mit un terme à l'échange.

Comment vais-je me débarrasser d'une pareille cinglée ? se lamenta Kamel. Dois-je descendre la raisonner ? Ou attendre qu'elle se lasse ?

Mais une fois encore, la jeune femme le prit de court.

Ouvrant sa porte-fenêtre pour vérifier si elle était au pied de la tour, il entendit un cri strident monter du rez-de-chaussée, un cri si perçant qu'il se propagea telle une mauvaise blague au milieu des immeubles.

— *Shit* ! gueula-t-il en cherchant son trousseau de clés.

Le temps de tout boucler, de descendre quatre à quatre l'escalier plutôt que d'emprunter l'ascenseur poussif, il trouva la jeune femme assise au pied de la porte d'entrée, la tête dans les mains, hurlant dans un trip sans fin.

— Mais c'est quoi ton problème ?

Céline releva la tête.

— C'est toi le problème. Depuis que je t'ai vu, je craque. Même que ton collègue Sanglard s'en est rendu compte...

— C'est lui qui t'a refilé mon numéro ?

— Oui. Il voyait bien que j'étais malheureuse...

— C'est quoi ce délire ?

— Ce n'est pas un délire mon chou. Je suis très amoureuse. Follement...

— Mais tu ne sais rien de moi. Il y a deux jours, on ne se connaissait pas.

— Dans notre cas, les mots n'ont pas d'importance. Ce sont nos corps qui parlent. Ils vibrent à l'unisson. Je le sens...

Et maintenant qu'est-ce que je fais ? Je lui file une paire de claques pour la ramener à la raison ? Ou on refait le monde au pied de la tour toute la nuit ?

— De ton côté, tu ne ressens rien ?

— Non. Excuse-moi Céline, mais j'ai eu une journée harassante et j'aimerais bien me reposer. Une autre fois peut-être...

— Juste cinq minutes. Tu m'offres à boire et promis, après je m'en vais. J'ai quelque chose de très important à te dire...

— Et tu ne peux pas me le dire ici ?

Elle se tourna vers les étages.

— Tu ne voudrais tout de même pas que tes voisins entendent...

Elle disait vrai. Le raffut avait attiré du monde aux fenêtres.

— Bon, je te fais entrer mais tu ne t'éternises pas...

Dans l'ascenseur, le lieutenant eut du mal à se reconnaître. Ses traits tirés lui rappelaient étrangement ceux de son père après une journée passée au bistrot. À l'opposé, Céline rayonnait.

— Tu n'as pas l'impression qu'on forme un beau couple...

Kamel serra les poings, conscient que la situation lui échappait.

Une fois dans l'appartement, le lieutenant décida de brusquer les choses.

— Alors, cette révélation si importante ?

Céline retira son blouson et s'installa sur le canapé sans y être invitée.

— C'est pas mal chez toi. Surtout les peintures. Elles sont de toi ?

— De Yohan Borguse, un ami.

— J'aime bien les courbes des corps et les atmosphères méditerranéennes, je suppose ?

— Exact. Mais nous nous égarons !

— Tu ne devais pas m'offrir à boire ?

— Non ! C'est plutôt toi qui l'avais suggéré.

— T'as bien une bière quand même ?

— Non. Je ne bois pas.

— Ah oui, c'est vrai. Vous autres musulmans, vous ne buvez jamais d'alcool !

— Je ne suis pas musulman. Pas d'amalgame, s'il te plaît ! Je n'ai que de l'eau pétillante ou du lait à te proposer.

— Même pas une goutte de whisky ?

— Rien qui pourrait y ressembler !

— Bah, c'est vraiment triste ! Je vais me contenter d'eau pétillante alors...

Kamel n'en pouvait plus. Le jeu de séduction de cette fille lui tapait sur les nerfs.

Il se précipita à la cuisine, revint avec un verre à moutarde et une bouteille de Badoit et déposa le tout devant la stagiaire.

— Maintenant c'est quoi la suite du programme ? Tu te fous à poil et je te baise ?

— Ça te ferait plaisir ? minauda-t-elle.

— Rien ne me ferait plus plaisir que tu déballes ce que tu as à me dire et que tu partes.

— Je ne savais pas que les Arabes étaient aussi goujats.

— Pourquoi cette restriction ? C'est en fait l'apanage de tous les hommes d'être machos et grossiers. Tu ne t'en étais pas encore rendu compte ?

Céline déboutonna le haut de son corsage.

— Dis donc, il fait chaud chez toi !

— Alors bois un coup. Et surtout ne te prive pas, j'en ai une autre au frigo.

Un champ d'ondes négatives se propagea dans la pièce.

Céline attrapa la bouteille et se versa à boire, avec un empressement à regonfler le moral de Kamel.

— Tu sais que Sanglard ne peut pas te saquer.

— Ça serait nouveau. On a toujours entretenu de bonnes relations.

— En apparence seulement. À la vérité, il te trouve fourbe et peu enclin à travailler en équipe.

Tu es perçu comme un tire-au-flanc au jugement peu fiable. En sorte, la brebis galeuse du service…

— Qu'est-ce que c'est que ces conneries ?

Céline glissa une main dans son décolleté.

— Maintenant, tu en fais ce que tu veux ! Moi, ce ne sont pas mes oignons…

Kamel avait du mal à se contenir.

— Écoute-moi bien petite garce ! Je ne sais pas à quoi tu joues, mais tu n'arriveras pas à foutre la merde dans le groupe. Sanglard est un type que je respecte, même si parfois je le trouve un peu trop aux bottes de Povert. Un bon professionnel en somme, tu m'entends ?

Céline réajusta la bretelle de son soutien-gorge avec une lenteur exaspérante.

— Ah, il y a encore une chose que j'ai oublié de te dire.

— Quoi ?

— Demain, on rebosse ensemble !

Kamel attrapa le bras de la jeune femme et la tira du canapé.

— Maintenant, tu te casses !

Leurs visages étaient à moins de cinq centimètres l'un de l'autre.

Kamel se retint pour ne pas la gifler.

Céline le défiait.

— Tu me fais mal !

— Je m'en fous…

Le lieutenant attrapa le blouson et le jeta sur ses épaules.

— Je ne voudrais surtout pas que tu attrapes froid en sortant !

— Trop aimable ! Mais je n'ai pas l'intention de m'en aller...

— C'est ce qu'on va voir !

Joignant le geste à la parole, il l'empoigna aux épaules et la poussa vers la sortie.

— Fais attention à ce que tu vas faire !

— N'aie pas peur. Je vais te montrer que je ne suis pas aussi goujat que notre conversation pourrait te le laisser supposer. Je fais l'effort de te raccompagner jusqu'à l'ascenseur. La classe, non ?

Céline se retourna, le masque grave.

— Si tu me mets dehors, tu vas le regretter !

— Des menaces maintenant ?

— Appelle ça comme tu veux, mais je n'hésiterai pas…

— Je prends le risque !

Kamel ouvrit en grand la porte.

— Tu me pousses encore, je gueule !

Le lieutenant relâcha malgré tout sa pression. Il reconnaissait que s'il s'était glissé dans de sales draps, il n'était pas totalement suicidaire. Claquer la porte au nez de Céline, reviendrait tout bonnement à se mettre à dos l'ensemble de ses voisins, peu enclins à laisser brailler une hystérique sans s'en émouvoir.

— Bon ok, tu as gagné !

Céline lui adressa une œillade en guise d'armistice.

— Tu vois... Je savais qu'au fond de toi tu avais bon cœur...

— Alors bonne nuit !

— Mais qu'est-ce que tu fais ?

— Je vais tout bonnement me coucher. Ne fais pas cette grimace, le canapé est confortable !

— SALAUD !!!!

Kamel partit s'enfermer dans sa chambre et pour plus de sécurité coinça une chaise sous la clenche.

10

Povert faisait des heures sup. Une habitude chez lui.

L'hôtel de police s'était peu à peu vidé de ses équipes de jour. Les nuitards avaient pris le relais. Mais le bâtiment bruissait toujours d'une activité sourde, lointaine, comme la respiration lente d'un ferry sortant du port.

Le capitaine avait passé l'après-midi à collecter des renseignements sur Oslo Kern. En premier lieu, il avait contacté les éditions Focart et son directeur éditorial Marc Lorgain. La standardiste avait bien tenté de faire barrage mais la menace d'une perquisition en règle avait eu raison de ses réticences. Le bras droit de l'éditeur s'était montré plus coopératif. Povert avait ainsi appris que le manuscrit de Damien Cornillet n'avait pas subi le parcours habituel des textes arrivés par la poste. Son père, lui-même auteur maison sous le pseudonyme d'Harel Chartres, l'avait directement proposé à Marc Lorgain qui avait pris la décision de l'éditer sans même prendre l'avis du comité de lecture. Après quelques corrections et une étude marketing, le livre avait été programmé pour la rentrée littéraire de septembre. Un coup de génie, car dans la masse des livres en concurrence, il avait trouvé en moins de cinq semaines un public et une notoriété propice à relancer les éditions Focart en perte de vitesse depuis plusieurs années. L'annonce de la mort de l'auteur, authentifiée par une dépêche de l'AFP de 15 h 02, risquait d'amplifier le phénomène. Dans la foulée, le directeur lui avait fourni les coordonnées de Jean Cornillet. Parallèlement à ses investigations, le capitaine avait suivi les recherches de Sanglard sur le terrain, allant jusqu'à le briefer pour son entrevue avec la mère de la victime. Une rencontre sans grand résultat, aux dires de son adjoint, qu'il n'avait pas revu depuis.

Dans l'après-midi, il avait également reçu deux appels de la gendarmerie. Le premier pour lui communiquer les résultats des analyses toxicologiques. Ces dernières révélaient un taux de 0,66 g/l d'alcool par litre de sang ainsi qu'une addiction au cannabis. Le second, moins courtois, de l'adjudant Thierry qui s'étonnait que des flics se pointent pour de nouvelles investigations sans avoir eu la civilité de le prévenir.

Un élément de plus dans le dossier contentieux qu'Hunkeler allait devoir traiter.

Entre ces repères jalonnant ses activités de l'après-midi, il avait entrepris une recherche Internet basée sur les articles de presse consacrés à ce phénomène éditorial. En soirée, il s'était octroyé une pause réparatrice avant de réintégrer son antre pour la nuit. Seul depuis la mort accidentelle de sa compagne cinq ans plus tôt, son travail restait une planche de salut à laquelle il s'accrochait de peur de sombrer corps et âme.

Il engloutit un énième café et attrapa *Le Rouge et le Cambouis* que Sanglard était parti lui acheter au centre Saint-Sever.

L'illustration de la couverture, une photo en noir et blanc, représentait une voiture prise de trois quarts arrière au milieu d'un alignement d'immeubles. Une perspective qu'aspirait un soleil en contre-jour. Un soleil matinal immortalisé à la verticale d'une tour tel un solitaire chatoyant au cou d'une femme. La focale avait écrasé les courbes du véhicule dont on ne distinguait pas la marque mais elles faisaient penser à ces grosses américaines toujours en service à Cuba. Au travers de la lunette, la silhouette du chauffeur se découpait minuscule et irréelle, comme une invite à le suivre. Le titre en caractères rouges ponctuait un ensemble sobre et accrocheur où le nom de l'auteur ne semblait pas encore être un argument de vente.

À côté de la dédicace aux membres de sa famille, la citation de Boston Terran retint toute son attention. *« Il n'existe à sa connaissance aucune carte routière permettant de traverser le chaotique territoire des soupçons, des mensonges et des preuves forgées de toutes pièces... »*

Il la recopia pour mémoire et attaqua l'ouvrage.

« Le flic scruta le galbe du coffre. Le cul callipyge d'une antique belle américaine. Une silhouette en

décalage avec l'anorexie des tours sur leur pas de tir. Rondeurs contre sécheresse absolue des perspectives. Un cul fascinant que l'homme s'apprêtait à violer... »

Povert nota que le graphiste n'avait pas eu à chercher bien loin l'inspiration.

« La pointe du tournevis s'enferra sans difficulté dans la serrure. Puis, suite à un mouvement de torsion, la carcasse se convulsa. Un spasme bref et intense aspiré à la seconde par les plaintes de la cité. Un soupir à l'échelle de la cacophonie ambiante.

En écho, la tôle se redressa dans un mouvement d'humeur. Ultime soubresaut d'une profanation planifiée.

La pestilence des chairs putrides agressa l'homme. Une vague tueuse à l'égard de ses sens pris en défaut. Sous le choc, il détourna la tête à la recherche d'un air moins vicié. "Putain de métier ! " lâcha-t-il, en espérant attirer l'attention de son supérieur, le capitaine Karisimbi, pionnier en matière d'intégration black-blanc-beur. Instant de grande solitude pourtant. Secondes de flottement où le flic redevenu homme compose avec son émotion. Une douleur viscérale.

Le capitaine finit par capter la détresse de son subordonné et abandonna le groupe d'îlotiers avec lequel il s'entretenait.

— Qu'est-ce qui ne va pas Bolland ?

— Regardez !

Le capitaine plaqua une main sur son nez et examina le corps. Le mort dont le torse et le bassin étaient en partie dénudés, arqué sur ses derniers instants de vie ressemblait à une harpe cintrée à l'extrême. La tête rejetée en arrière disparaissait à moitié sous un plaid maculé de sang. À l'autre extrémité, ses jambes repliées et ses pieds privés de souliers interpellaient tout autant que les traces de boue et de graisse du pantalon. Une vision d'horreur qui rappelait d'autres violences à l'officier comme l'insoutenable barbarie des hommes taillant à la machette les axes d'un génocide. L'Afrique et ses excès sanguinaires : terre de contrastes et d'infamie.

— On dirait bien un règlement de compte…

— Pas de conclusions hâtives, Bol ! On attendra les rapports du légiste et du labo. Vous les prévenez ?

— C'est comme si c'était fait.

Le lieutenant dégaina son portable et cala le premier numéro de son répertoire, tandis que Karisimbi s'en retournait déjà à ses questions, enviant l'insouciance des jeunes qui, au loin, se disputaient un ballon sur un terrain de fortune... »

Povert releva la tête, l'esprit en alerte.

Il s'extirpa de son fauteuil moins ministrable que celui d'Hunkeler et fila jusqu'au distributeur de boissons, histoire de se dégourdir les jambes ainsi que les neurones. Il appuya sur la touche CAFÉ SANS SUCRE et attendit.

Dans le texte qu'il venait de lire, quelque chose le chiffonnait.

Il creusa sa mémoire, mais ne trouva pas l'étincelle. Un inconvénient de l'âge combiné à un manque de réactivité face aux équations. Mais comme il aimait à le répéter, une fois lancés, les diesels sont toujours plus difficiles à arrêter.

Il allait se rasseoir, lorsque le téléphone l'en empêcha.

— Adjudant Thierry à l'appareil. Je vous informe que la voiture d'Oslo Kern a été retrouvée.

— Où ?

— Dans la forêt domaniale de Brotonne à proximité de la commune de la Mailleraye-sur-Seine. C'est une de nos patrouilles qui l'a identifiée.

— Prévenez vos collègues que j'arrive !

À l'autre bout du fil, l'adjudant coinça :

— C'est qu'ils ont déjà terminé leurs investigations !

— Qu'ils m'attendent, je serai là-bas dans vingt minutes !

— Il va falloir que je les persuade...

— Je vous fais confiance. Au fait, je les retrouve où ?

— En venant de Rouen, vous tournerez à gauche avant la bifurcation pour Heurteauville, après le croisement, c'est à environ un kilomètre...

Il raccrocha en se demandant comment des relations conflictuelles pouvaient aussi vite se normaliser. Il y vit l'intervention commune de Danjou et d'Hunkeler dans un numéro de diplomatie que tous les deux exécraient. Mais pour l'honneur de la Police, que n'auraient-ils pas tenté ?

Restait à trouver un chauffeur. Une denrée plutôt rare en cette période de réduction drastique des effectifs.

Finalement, ne trouvant personne pour l'accompagner, il prit lui-même le volant et fila à son rendez-vous.

Avec la nuit, il redoutait moins les crises. Il avait remarqué que l'obscurité servait de paravent, de régulateur à ses conflits internes. De plus, grâce à une nouvelle thérapie basée sur des techniques innovantes de relaxation, il apprenait à maîtriser de mieux en mieux ses bouffées d'angoisse qui pouvaient surgir à tout moment.

Le capitaine mit exactement vingt-six minutes pour rallier le lieu de rendez-vous.

Trois gendarmes faisaient le pied de grue à côté d'une dépanneuse.

Le véhicule d'Oslo Kern était garé à une vingtaine de mètres de là. Sa roue avant-droite mordait le bas-côté. Les trois autres collaient au bitume. La route forestière étroite commençait à se recouvrir de feuilles.

— Pas vraiment curieux les gens par ici ? releva Povert après ce premier constat.

— Qu'est-ce que vous voulez, les gens sont à l'image de notre société. Ils ne s'émeuvent que lorsque cela les touche.

— Une voiture mal garée, quand même ?

— On peut penser qu'elle est en panne.

— Depuis deux jours ?

— Qui vous dit que cela fait deux jours qu'elle est là ?

Le gendarme, doté d'une logique à toute épreuve, avait une bonne tête de paysan. De quoi plaire à Povert qui préférait de toute évidence les doutes aux certitudes.

— Quoi d'autre ?

— Vous risquez d'être déçu. L'intérieur a été nettoyé de fond en comble.

— Pas le moindre indice ?

— On n'a relevé aucune empreinte. Du boulot bien fait, à l'exception d'un détail...

— Lequel ?

— Une attache parisienne.

— C'est une blague !

— Pas le moins du monde. Et elle correspondrait bien à celle retrouvée sous le corps de votre victime. Des lames de 20 mm, d'après les indications de l'adjudant Thierry.

— Vous pourriez me montrer où vous l'avez trouvée ?

Le gendarme ouvrit la portière côté conducteur et balaya du faisceau de sa torche l'intérieur du véhicule. Une Saxo pas vraiment récente mais en bon état vu le kilométrage.

— Elle était glissée sous le rail intérieur du siège passager. Un endroit difficile d'accès pour les gens qui comme moi ont des gros doigts et doivent s'aventurer dans un aussi petit espace...

Povert essaya à son tour de glisser la main dans la fente et resta bloqué à mi-paume.

— Un vrai coup de chance !

— Le mérite en revient au GAV de service. À la lumière de sa torche, il a vu quelque chose briller et comme il a des doigts aussi fins que ceux d'une fille, il a pu ramener l'attache sans difficulté.

Le capitaine inspecta le reste de l'habitacle puis revint l'air soucieux vers son interlocuteur.

— Comment interprétez-vous cet oubli ?

Le gendarme releva sa casquette pour la remettre aussitôt en place.

— Disons que notre suspect ou nos suspects, car à mon avis on pourrait tout autant en parler au pluriel, ont eu un laps de temps suffisant pour réaliser le nettoyage, sauf qu'ils ont négligé un point qui pour le coup pourrait les mettre en danger. Mais ce n'est qu'une supposition...

— Reste un autre détail à éclaircir. Quelle signification devons-nous accorder à ces attaches parisiennes ?

— Ça, je vous laisse le soin d'y réfléchir car je n'ai pas de bonne réponse. Mes hommes battent le pavé et je crois que si je ne veux pas ramener des glaçons à la brigade, je vais devoir vous abandonner...

Sans arrière-pensée, Povert serra la main de son homologue gendarme et regagna son véhicule.

En s'asseyant derrière le volant, il eut l'impression que les choses commençaient à bouger.

Il attendit l'enlèvement du véhicule pour reprendre la route. Un trajet qu'il n'appréhendait pas. À tort, car moins d'une dizaine de kilomètres plus tard, à la sortie de la commune Le Froc-Pinel, dans ce long faux-plat descendant menant à l'entrée de l'A13, il ressentit soudain simultanément des picotements à ses extrémités, une difficulté à déglutir et une désagréable sensation d'étouffement. Conscient du danger qu'il pouvait représenter, il se rangea sur le bas-côté, enclencha le témoin des warnings et ferma les yeux, accroché à son volant, en psalmodiant la seule phrase qui lui traversa l'esprit : « *Quand la crainte survient, attends et laisse-la passer…* »

Mercredi

11

La lumière du jour réveilla Kamel.

Le lieutenant avait dormi d'un sommeil entrecoupé de phases conscientes où ses sens en alerte guettaient le moindre bruit en provenance de la salle. À plusieurs reprises dans la nuit, il avait perçu le couinement d'une clenche qu'on tourne. Des essais infructueux qui se soldèrent invariablement par des insultes et des crises de larmes.

Le soleil tentait une timide percée. Une audace qu'il reprit à son compte.

Il s'habilla et déverrouilla la porte de la chambre, sur la défensive.

Il investit le couloir, jeta un œil à la cuisine avant de passer dans la salle où il découvrit l'ampleur du désastre. Avant de prendre la fuite, la garce avait souillé les murs d'insultes et de graffitis tracés à la terre, au lait et au rouge à lèvres. Même les toiles de Yohan Borguse n'avaient pas échappé au massacre, l'une d'elle, sa préférée, *Les nus au bord de l'eau*, avait été lacérée avec un acharnement compulsif.

Pour parachever son œuvre, elle avait dépouillé le citronnier de toutes ses feuilles et de la dizaine de fruits qu'il portait pour les écraser sur l'écran plat dernière génération qu'il venait d'acheter.

Un vrai carnage.

Le lieutenant resta interdit devant tant de haine.

Puis sa colère se mua en fureur lorsqu'il réalisa qu'elle lui avait également dérobé son trousseau de clés...

Une demi-heure plus tard, après une douche réparatrice et un vague rangement, sa situation s'éclaircit. Il téléphona à un ami serrurier qui vint lui changer sa serrure en deux heures chrono alors qu'il fallait habituellement deux mois pour le voir débouler. Puis il sortit se restaurer.

Peu avant treize heures, il prit position dans la rue de la République à Petit-Quevilly et attendit.

Il passa deux coups de fil : le premier à Ruben pour lui annoncer le décès de Madeleine Riboux et le second à Yves Serre, journaliste au *Progrès de Normandie*, avec lequel il prit rendez-vous pour 15 heures, place du Vieux-Marché.

Il allait rejoindre la PJ, lorsque la tête de poulbot s'incrusta dans son rétroviseur.

Le gosse marchait tête basse, un sac de sport accroché à l'épaule. Un sac aussi gros que lui.

Kamel ouvrit la portière du passager.

— Vas-y t'es ouf ! gronda Attila, avant de se radoucir en reconnaissant le lieutenant.

— Monte ! Je vais te conduire à ton entraînement...

Le gosse hésita quelques secondes, avant de se glisser à côté du chauffeur.

— Je vois qu'il n'y a pas eu de représailles.

— Non. J'étais rentré avant le vieux !

— Je t'emmène où ?

— Au stade Lozai.

Kamel connaissait l'endroit mais au lieu de le conduire dans le vieux Quevilly, il prit la Sud III, direction les Essarts.

— Qu'est-ce que vous foutez ?

— Faites ! Je crois qu'une petite discussion s'impose.

— J'vois pas ! J'vais être en retard à mon entraînement ! C'est quoi le blème ? s'affola le gamin.

Kamel resta muet et se concentra sur sa conduite.

Au pylône des Essarts, il prit la sortie Elbeuf, descendit à tombeau ouvert l'ancien circuit automobile avant de remonter au Château Robert le Diable par une route forestière, étroite et sinueuse.

Au monument aux morts, il stoppa le véhicule. Sa tension commençait à décroître.

À ses côtés, Attila se tortillait.

— Je crois que j'vais gerber…

Le lieutenant sortit, contourna le véhicule et extirpa sans ménagement le gosse de son siège.

— Vas-y, tu as tout le parking pour toi !

Attila vacilla, marcha quatre ou cinq mètres avant que son estomac ne rende les armes.

Le lieutenant lui laissa le temps de reprendre ses esprits avant de l'attraper violemment par le collet.

— Maintenant, on va peut-être pouvoir discuter !

Attila avait perdu de sa superbe et ses yeux imploraient un pardon.

— ... Alors comme ça, tu as cru que tu pouvais me raconter des craques ?

— C'est pas moi, bredouilla le gosse au teint aussi verdâtre que des algues sur une plage bretonne. C'est Benji !

— Celui qui devait faire le guet et qui s'est soi-disant barré à notre arrivée...

Le gosse renifla et essuya d'un revers de manche la morve qui lui tombait du nez.

— C'est vrai, m'sieur ! Il s'est barré...

— En emportant le portable et l'argent de la pauvre morte !

Le regard d'Attila se fit aussi fuyant qu'une savonnette.

— ... Dis, tu ne crois pas qu'il serait temps que tu te mettes à table !

— Il va me tuer !

— Si ce n'est pas ton frère qui le fait, ça sera moi ! Tu vois, dans tous les cas, tu vas morfler !

Attila prit le temps de la réflexion puis se lança :

— Mais vous lui direz pas que c'est moi qui l'ai balancé ?

— Vu la situation, tu n'es plus en mesure de dicter tes conditions. Je verrai... Alors ?

— C'est Benji qu'a trouvé le sac. Il a fouillé dedans. Il a vu le porte-monnaie et l'a ouvert. On l'a embarqué et on s'est tirés...

— Il y avait combien dedans ?

— 40 euros en billets et pièces. Il m'a donné 10 euros pour que je ferme ma gueule et a gardé le reste. J'ai râlé. Il m'a dit que si je l'ouvrais, il dirait que c'était moi qui avais tué la vieille...

— Et tu l'as cru ?

— Bah, ouais !

— Je te pensais plus malin !

Attila baissa encore un peu plus la tête, totalement accablé.

— Et le portable ?

— Y avait pas de portable, je vous jure !

— À d'autres !

— Si, si, je vous l'jure ! s'entêta le gosse, avec un accent de sincérité dans la voix. Y avait pas de portable !

— Tu en es sûr ?

— Aussi sûr que vous vous appelez Kamel !

— Alors, c'est pas gagné !

Le gosse croisa le regard du flic et réalisa que ce dernier se payait sa tête.

— ... Pour cette fois, je veux bien te croire, mais si j'ai la preuve que vous avez volé le portable, à ma prochaine visite, vous passerez un sale quart d'heure !

— Vous pouvez dormir tranquille...

Kamel lâcha le gosse.

Le ciel était tapissé de cumulus qui annonçaient de la pluie pour les heures à venir.

Dans leur dos, la brise essaimait des brassées de feuilles arrachées aux arbres de la forêt, dont certaines venaient mourir à leurs pieds.

Au niveau de La Bouille, un cargo en terminait avec sa remontée de la Seine.

Insensible au spectacle, Kamel se perdait déjà en conjectures.

12

Lorsque Sanglard arriva à l'hôtel de police, Povert faisait les cent pas devant la machine à café. Il devait en être à son dixième depuis le retour de son épopée nocturne. Un chauffeur routier l'avait pris en charge en pleine campagne et amené au centre routier de Grand-Quevilly avant qu'un taxi ne prenne le relais jusqu'à son bureau où il était resté cloîtré trois heures dans le noir. Vers 6 heures, il avait attaqué son premier jus et s'était remis à la lecture du livre d'Oslo Kern.

« ...Perez s'arrêta à la terrasse d'un café et commanda une bière qu'il but d'un trait, puis une seconde qu'il descendit avec le même empressement, avant de réaliser qu'il n'était pas seul au monde. Que le centre de Rouen grouillait d'une agitation fébrile. Qu'il faisait chaud. Que les badauds goûtaient avec intérêt ce retour du prin-

temps. Depuis quelques jours déjà, le calendrier s'était calé sur avril et le thermomètre de la pharmacie voisine affichait gaillardement vingt-trois degrés Celsius. De quoi réchauffer pleinement le cœur des plus endurcis.

Mais voilà, Perez restait en marge de cette renaissance, insensible à l'émoi de ses contemporains. Car il était mort quatre ans plus tôt et n'attendait plus de résurrection. Encore moins de pardon.

Dans une autre vie, Perez avait été flic. Une catégorie sociale de toute évidence bien peu fréquentable.

Et puis il y avait eu l'affaire Thirard. Une sale affaire qui avait débuté par la plainte d'un couple de retraités. Leur fille unique avait disparu peu avant Noël. Une étudiante en première année de droit, 20 ans à peine, dont on avait totalement perdu la trace à la sortie d'une fête sur le campus.

Une bien curieuse façon de célébrer une année moribonde.

L'ancien flic hésita. Était-il raisonnable de commander un autre verre ? Il se dit qu'avec cette chaleur, il y avait des mélanges à éviter, l'alcool et les anxiolytiques par exemple, surtout lorsque ces derniers étaient ingurgités par boîtes entières.

À regret, il abandonna la terrasse et sa colonie de lézards alanguis, pour se fondre dans la foule en espérant faire le vide dans sa tête. Un vœu pieux, comme à chaque fois qu'il prenait le temps de s'appesantir sur ses problèmes.

De rue en rue, sans but précis, il gagna la voie piétonne du Gros-Horloge, un axe dont la réputation remontait au Moyen Âge, bordé qu'il était à l'époque d'échoppes de marchands drapiers. De riches négociants qui, pour célébrer leur réussite et leur puissance, avaient fait édifier une auloge[4] de fer, au-dessus de la Porte Massacre. Une réalisation d'un certain Jehan de Félanis.

Perez s'immobilisa sous l'arche « Renaissance » construite beaucoup plus tard et observa le cadran comportant une seule aiguille, une vision troublante. Penser qu'à cette époque on ne comptait que les heures l'interpellait, lui qui, depuis quatre ans, n'oubliait rien de chaque seconde endurée. Finalement, il rebroussa chemin et prit la direction de la cathédrale… »

Sanglard affichait sa tête des mauvais jours.

---

[4] Une **auloge** est une horloge en moyen français 1330-1500

Povert l'attira dans son cagibi et, après un café vite expédié, les deux hommes rouvrirent le dossier Oslo Kern.

— Vous ne m'aviez pas dit que vous connaissiez la mère de la victime, lança bille en tête un Sanglard plus remonté qu'un coucou suisse.

— Mieux valait qu'il en soit ainsi. Je ne voulais pas créer des obligations qui n'avaient pas lieu d'être.

— Ni que la victime avait travaillé ici !

Povert se gratta une barbe naissante, un rien dubitatif.

— Vous croyez ?

— Marie Cornillet est catégorique à ce sujet et...

— Et ?

— Et elle semble vous en être très reconnaissante.

— Ah bon !

Le lieutenant se demanda si le capitaine ne le faisait pas marcher.

Povert resta, quelques secondes, songeur.

— Votre impression sur cette femme ?

— Elle semble très affectée par la mort de son fils et, à la réflexion, je pense que je ne lui ai pas posé les bonnes questions.

Le capitaine fixa son subordonné avec une acuité redoublée.

— Je vous confirme, mon cher Sanglard, qu'on pose rarement les bonnes questions. Mais c'est justement ce questionnement chaotique qui nous fait avancer. Quoi d'autre ?

— Le parcours professionnel d'Oslo Kern me pose problème. Il entreprend des études de médecine et plaque tout en sixième année, du jour au lendemain, sans explication, pour finir dans une boîte d'intérim. Il y a quelque chose qui me dérange...

— J'en conviens, même si les prises de conscience sont toujours possibles. Moi-même, j'ai bien failli tout envoyer balader à la mort de Claire.

— Vous auriez pu, vraiment ?

— Sous l'emprise de la douleur, les actes redeviennent reptiliens...

Comme la veille, Sanglard avait la sensation de découvrir un nouveau Povert.

— Reste que ce point me paraît intéressant. Une cassure dans un ordre établi a toujours une vérité à nous enseigner.

— L'aide de la stagiaire vous sera à cet effet fort utile !

Le lieutenant grimaça.

— Justement, parlons-en ! Je préférerais la voir affecter à une autre tâche. Hier, c'est tout juste si elle ne m'expliquait pas comment je devais faire mon boulot.

— Ah, ces jeunes ! Plus le respect des dinosaures à ce que je vois ! ...

Povert redevint sérieux en un quart de seconde.

— ... Pour ma part, je vous informe que la voiture de la victime a été retrouvée en forêt de Brotonne cette nuit même. Aucun indice probant, sauf la découverte d'une nouvelle attache parisienne, du même modèle que la précédente.

— Notre meurtrier a des actions dans le petit matériel de bureau ?

— Non. Ma conviction est que ces attaches ne sont pas là par hasard. Cette seconde trouvaille écarte l'oubli fortuit. Elle constituerait même une signature. Le meurtrier avait à cœur de revendiquer son acte.

— Puérilité de sa part.

— Je miserais plutôt sur une promesse à honorer ou contentieux à épurer. Mais peut-être suis-je à cent lieues de la vérité ?

Sanglard prenait des notes, observant à la dérobée le visage émacié de son patron. Un visage où toutes les saloperies de la vie avaient creusé leur sillon.

— Si je résume, nous n'avons pas le moindre embryon de piste.

— J'en conviens mon cher Sanglard. Mais j'ai relevé une constante à tous ces faits. Ils s'inscrivent sur un axe nord-sud. Observez la carte du département derrière vous. Oslo Kern est passé voir sa mère à Saint-Valéry-en-Caux. Son corps a été retrouvé entre La Gaillarde et le hameau d'Iclon. Il devait se rendre à un dîner à Yvetot. Son véhicule a été localisé peu après la Mailleraye en direction de Bourg-Achard. De quoi nous interpeller !

— En premier lieu, il faut se concentrer sur son emploi du temps, décréta le lieutenant. D'après la version des faits donnée par Marie Cornillet, ce soir-là, Oslo Kern quitte Saint-Valéry à 18 heures 40, voire 45. Il a trente-trois kilomètres à parcourir, soit trente et une minutes d'un trajet qui doit le faire arriver aux alentours de 19 heures 15 à destination. Mais où précisément, nous n'en savons toujours rien.

— Nos efforts doivent porter en priorité sur ce point. D'ici à ce soir, nous devons en savoir un peu plus sur ce mystérieux dîner et compléter une bonne partie de l'emploi du temps de la victime. Utilisez tous les effectifs disponibles...

Sanglard ricana.

— Ça va être difficile, patron !

— Pourquoi ?

— Nous tournons déjà en sous-effectif. Je vous rappelle que Gantier et Sorel sont en arrêt maladie.

— Et le lieutenant Dridi ?

— Il travaille sur le meurtre de la prostituée.

— Dites-lui de nous filer un coup de main. J'aimerais qu'il aille rendre visite au père d'Oslo Kern. Sinon allez débaucher dans les autres services et recrutez dans les flics en tenue. Pour passer des coups de fil, ça devrait être à leur portée...

Povert avait des airs de général en campagne.

L'excitation devait être communicative car Sanglard réalisa en se levant qu'il avait oublié jusqu'au nom de la stagiaire.

— Avant de se séparer, je voudrais vous lire un passage de l'ouvrage d'Oslo Kern. Vous me direz si cela vous évoque quelque chose...

Le lieutenant se rassit en se demandant comment un capitaine pouvait se contenter d'un pareil gourbi.

« L'officier souriait. Il allait être père pour la première fois. Un bonheur qu'il se sentait prêt à partager avec la terre entière, mais devant la mine déconfite de son adjoint, il préféra surseoir au projet.

— Que se passe-t-il Bol ?

— Le mort du coffre était un gars de la maison.

— Un flic ?

— Le commissaire Quérard. Son nom ne vous évoque rien ?

— Ne serait-ce pas l'un de mes prédécesseurs ?

— Il commandait la section avant que celle-ci ne soit réorganisée. Il avait pris sa retraite, voici trois ans et s'était installé sur la côte landaise... »

— Cela aurait-il pu être le cas dans le service ?

Sanglard plissa le nez dans un effort intense de réflexion.

— *A priori*, le nom ne m'évoque rien. Un collègue parti en retraite sur la côte landaise, pas plus. Par contre, le mort dans le coffre pourrait réveiller de lointains souvenirs, une affaire dans les années quatre-vingts. Il faudrait que j'aille compulser les archives...

— Les archives ! Alors c'est là qu'il aurait puisé son inspiration ?

— Probablement ! En effet, pourquoi se creuser les méninges alors que des scénarios plus aboutis lui tendaient les bras. Il n'avait qu'à se servir.

— Vous devez avoir raison, Sanglard. La jeunesse ne respecte vraiment plus rien...

Le lieutenant hocha la tête en repensant à sa dernière conversation avec son épouse. Cette obsession à devenir mère qui lui coupait tant ses effets.

13

Lorsque Kamel reçut l'appel, il ralliait à pied la place du Vieux-Marché. Trente minutes plus tôt, il avait déposé Attila au stade Armand Lozai. Un Attila dans ses petits crampons qui, pour l'occasion, s'était fait copieusement remonter les bretelles par un entraîneur peu enclin aux écarts de conduite. Le lieutenant avait joué le Monsieur bons offices et tout le monde s'était finalement séparé sur une poignée de main franche et réconciliatrice.

L'idée de jouer sur deux fronts déplut d'emblée au lieutenant Dridi.

En quelques minutes, Sanglard lui résuma la situation et lui donna les coordonnées du père d'Oslo Kern. Une visite qu'il comptait bien expédier après son rendez-vous avec le journaliste du *Progrès de Normandie*. Mais il vit dans cette punition un moyen d'échapper momentanément à sa persécutrice que personne n'avait revue depuis la veille.

Kamel avait abandonné son véhicule sur les quais.

Sans être un grand sportif, il aimait la marche. Cet exercice lui vidait la tête, sans pour autant lui faire oublier ses objectifs, au premier rang desquels retrouver le téléphone de Madeleine Riboux devenait la priorité des priorités.

Yves Serre patientait devant une bière brune.

Kamel commanda un lait-fraise et exposa sans plus tarder les faits. Les deux hommes se connaissaient bien et avaient l'habitude de collaborer. Un gage d'efficacité alors que l'un et l'autre croulaient sous les obligations. Comme à chacun de leurs rendez-vous, le journaliste griffonna en sténo les infos distillées par le lieutenant, s'arrêtant de temps en temps pour quelques éclaircissements. Une démarche bien rodée qui ne leur demanda pas plus d'une quinzaine de minutes. Kamel en profita pour accréditer la thèse que la police détenait d'ores et déjà des éléments pour appréhender le coupable. Un mensonge pleinement assumé. Une façon pour lui de mettre insidieusement la pression sur le meurtrier. Si ce dernier éprouvait déjà quelques remords.

Avant de reprendre son véhicule, il contacta un spécialiste en communications de la section et le lança sur la piste du portable de Madeleine Riboux. Son collègue lui promit une réponse avant la fin de journée.

Trois quarts d'heure plus tard, l'officier de police sonnait chez le père d'Oslo Kern.

Ce dernier habitait un pavillon du côté de la Clinique des Cèdres à Bois-Guillaume. Une habitation cossue qui pouvait accréditer l'idée qu'Harel Chartres, alias Jean Cornillet, avait bien réussi là où d'autres s'épuisaient dans un anonymat peu lucratif.

L'homme était svelte, sans être aussi grand que le capitaine Povert. Il possédait un regard étrangement magnétique, bleu clair, presque gris. Un regard froid et dérangeant.

— Je me disais bien que je finirais par voir des représentants de la famille Poulagat, lieutenant ?

— Dridi. Lieutenant Dridi de la PJ de Rouen.

— Vous êtes seul ?

— Problème d'effectif. Avec la mort de votre fils, tout le monde est réquisitionné. Même les gendarmes sont de la partie.

— C'est ce que j'ai cru comprendre. Un adjudant m'a téléphoné. L'adjudant Bailly. Non. Sailly…

— Thierry.

— C'est ça, Thierry ! Il voulait savoir si j'avais vu mon fils dimanche et accessoirement connaître mon emploi du temps de la journée. J'espère au moins que vous n'êtes pas venu me poser les mêmes questions.

— J'ai bien peur que si, s'excusa Kamel. Nous sommes toujours en phase de rodage.

— Je vois ! Cela fait trente ans que j'entends parler d'une collaboration police-gendarmerie efficace. Je constate qu'au lieu de cela vous vous marchez toujours sur les pieds. À moins que la compétition ne vous motive. Mais sur ce coup-là, j'ai bien peur que vous soyez à la traîne... Bon, résumons-nous : à la première question, j'ai répondu non. Pour la seconde, j'ai consulté mon agenda. J'ai la sale manie de tout noter. Un tic d'écrivain. Même qu'à ma mort, bon nombre de personnes pourrait avoir des sueurs froides...

— Vous pourriez avoir des ennemis ? reprit au bond Kamel.

— À ce stade de mon existence, je peux m'honorer de n'avoir que des amis. Ceci dit, apprendre que leurs femmes ont couché avec moi, pourrait faire de ma personne une cible à abattre. Mais ne vous inquiétez pas, mes agendas sont bien cachés et je n'ai nulle envie de mourir prématurément...

La grandiloquence du personnage indisposait le lieutenant.

— Pour en revenir à votre emploi du temps...

— Je me suis levé comme tous les matins à 4 heures 30. J'ai avalé un grand bol de café fumant avant de m'installer devant mon ordinateur. De là j'ai écrit jusqu'à 9 heures. Puis je suis allé prendre une douche avant d'assister à l'office de 10 heures 30 à l'église Saint-Paul. En sortant de la messe, j'ai fait quelques emplettes pour le déjeuner que j'ai pris seul avant de me remettre au travail jusqu'à 17 heures. Un couple d'amis est passé me voir en début de soirée. Je leur ai offert de rester en ma compagnie mais, pris par d'autres obligations, ils sont repartis vers 20 heures. Ensuite, je me suis remis au travail jusqu'à mon coucher aux alentours de 23 heures.

— Pardonnez-moi cette question, mais vous vivez seul dans cette grande maison ?

Le sexagénaire toisa son interlocuteur.

— Oui. Tout au long de ma vie, j'ai recherché des lieux avec de grands volumes. J'adore l'espace. Ça me permet de recevoir les gens que j'aime.

— Votre fils habitait avec vous ?

— Non. Même si ça lui arrivait de passer.

Le lieutenant connaissait les prix de l'immobilier. Une maison dans un tel environnement dépassait allègrement le demi-million d'euros.

— Quand est-il passé pour la dernière fois ?

— Pas la peine de consulter mon agenda. C'était vendredi dernier. Il avait deux jours de dédicace devant lui : le samedi à Caen et le lendemain au Havre.

— Il a dormi ici ?

— Oui. Il commençait à en avoir assez de courir d'hôtel en hôtel.

— À cette occasion, comment l'avez trouvé ?

L'écrivain prit le temps de la réflexion.

— Vous savez que pour un écrivain chaque qualificatif a son importance. Dans le cas de mon fils, je l'ai trouvé serein. Soulagé...

— Soulagé ? Soyez plus précis.

— Comment vous expliquer ça, lieutenant. Dans tout processus créatif, l'auteur connaît plusieurs phases : la parution de son ouvrage en est une et l'évolution de la courbe de ses ventes en est une autre. Le succès arrivait au bon moment.

— Il avait évoqué des problèmes ?

— Non, pas à ma connaissance, mais vous savez avec les éditeurs, ils vous mettent facilement la pression. Focart ne déroge pas à la règle. Et puis, c'est moi qui leur avais apporté le manuscrit. Mon fils se sentait quelque part redevable. Une situation pas facile à gérer...

Kamel se rappela alors un point précis abordé par Sanglard dans son topo.

— Reste une chose à éclaircir.

— Laquelle ?

— Le changement de cap de votre fils.

— Vous voulez parler de l'arrêt de ses études ?

— Oui. Y avait-il une raison à ça ?

— Une prise de conscience, plutôt ! Au fond de lui, il devait sentir qu'il ferait un bien meilleur écrivain.

— Un virage brutal, vous ne trouvez pas ?

— En apparence, je suis d'accord avec vous, lieutenant, bien que 25 ans ne soit nullement un âge rédhibitoire pour se lancer dans une carrière littéraire. Je crois que Damien, comme bon nombre d'enfants qui baignent dans des milieux protégés, refusait de marcher sur les traces de ses parents, avant de réaliser qu'il ne pouvait échapper aux gènes. Mon fils allait devenir un très grand écrivain…

La suffisance de l'auteur lui parut déplacée. Hors de propos. Hors du monde dans lequel il s'évertuait à trouver péniblement des réponses.

— À part cela, lui connaissiez-vous des amis ? Des relations ?

— Bien sûr, il avait un cercle de copains assez fourni. Il en amenait parfois ici lorsqu'il était encore au lycée Corneille. Puis après le bac, il a souhaité son indépendance. Il s'est installé dans un appartement place Cauchoise. Le groupe a explosé, mais il est resté en relation avec un certain Lucas. Il leur arrivait même de partir en vacances ensemble. Je crois que j'ai encore ses coordonnées quelque part. Vous me suivez lieutenant, je vais vous trouver ça...

Kamel se laissa conduire jusqu'à la bibliothèque, une pièce bien plus vaste que la chambre qu'il avait eu à partager avec ses frères. Sur les murs couraient des alignements de livres qui attendaient d'être tirés de leur torpeur. De quoi lui donner envie de se remettre à la lecture.

— Tenez lieutenant, l'ami en question s'appelle Lucas Bartelt.

Kamel prit le Post-it où était noté un numéro de téléphone et le glissa dans sa poche.

— Votre fils avait-il une petite amie ?

— Vous voulez rire ! Il en avait plusieurs. Pourquoi s'embarrasser d'une fille alors que des dizaines peuvent vous combler ? Je crois qu'il adhérait complètement à ma philosophie de la vie, ou tout du moins à celle de tous les hommes libres prêts à conquérir le monde.

Le lieutenant demeurait malgré tout fasciné par la quantité de livres rassemblés autour de lui. Un gigantesque gâteau dans lequel il aurait aimé mordre.

— Et comment avez-vous accueilli cette notoriété aussi soudaine qu'inattendue ?

— Avec la bienveillance d'un père qui croyait au talent de son fils. Il le méritait vraiment, vous savez...

— Je n'en doute pas, monsieur Cornillet. Reste que Damien a été assassiné en pleine gloire et que sa mort est aussi incompréhensible qu'un dérèglement climatique.

— Je vois ce que vous voulez insinuer, lieutenant. Vous pensez peut-être que j'aurais pu prendre ombrage de ce succès ?

— Je note monsieur que vous appartenez à la même maison d'édition et que vous exploitez le même filon littéraire. Avec son livre, il vend plus d'ouvrages que vous n'en vendrez jamais. On peut légitimement s'interroger...

— Alors lisez mon dernier *opus*, vous comprendrez que nous ne traitions pas des mêmes thèmes...

Jean Cornillet prit un ouvrage au sommet d'une pile en attente de rangement et le tendit au lieutenant.

— ... Mon inspiration s'enracine avant tout dans l'histoire régionale. *Le Diable et la Cornette* en est la parfaite illustration. Lisez-le et revenez me voir. Nous parlerons alors de littérature. Cinquante-deux livres à mon actif, je connais beaucoup d'auteurs qui envieraient ma bibliographie...

Kamel prit congé et retrouva la rue avec soulagement.

Il chercha une cigarette et il se souvint qu'il avait fumé la dernière la veille, à sa sortie du *Chien vert*, lorsque le petit vieux s'était épanché sur le compte de Merlandot.

Kamel avait l'habitude de répéter qu'il s'attachait aux morts qu'il croisait. Selon lui, la meilleure façon de leur rendre hommage était encore de confondre leur meurtrier.

Dans sa tête, Madeleine commençait déjà à lui manquer.

Le flic prit la direction du centre-ville en quête de cigarettes.

Dans son dos, un voile de nylon reprit sa place avec une douce désinvolture.

14

Hunkeler avait convoqué Povert et, comme à son habitude, ce dernier se faisait attendre.

Revenu de son rendez-vous matinal à Dieppe, le commandant en avait tout de suite référé au commissaire divisionnaire Danjou. Un compte-rendu oral et circonstancié qu'il devait maintenant consigner par écrit.

Mais son esprit avait toutes les peines à se concentrer.

Encore une fois, il se retournait sur son parcours, sur cette ascension sans accroc jusqu'à sa rencontre avec Povert. C'était à Lille, dix ans plus tôt. Le début de son calvaire.

Le capitaine arriva enfin, une liasse de documents à la main.

— Excusez-moi pour le retard, mais je mettais la dernière touche à mon rapport...

Hunkeler pointa du doigt un siège devant lui et pendant que son adjoint prenait place, il le détailla une fois encore.

Le silence aurait pu s'éterniser si Povert n'avait pris l'initiative de glisser le rapport sous le nez de son supérieur.

— ... Nous avançons, lâcha laconiquement le capitaine.

— À la vitesse de l'escargot ! répliqua sèchement le commandant. Ce matin, j'ai eu la désagréable impression d'être en charge d'une brochette de branquignols.

— Petite, alors !

— Épargnez-moi vos sarcasmes, Povert ! L'heure n'est pas à l'humour mais à l'action. Nos collègues gendarmes se gaussent. Ils ont plusieurs longueurs d'avance sur nous et je n'ai guère envie de passer pour le bouffon de la farce.

— Quelle farce ?

— Celle que vous essayez d'orchestrer depuis votre pitoyable sortie sur le terrain. C'est quoi cette histoire de trombones ?

Povert se redressa, l'œil pétillant.

— Ils ont trouvé des trombones ?

— Oui. Et je crois qu'ils vous soupçonnent de vouloir saloper leur enquête. C'est quoi la manœuvre ?

Le capitaine arbora une mine horrifiée.

— Comment peut-on me prêter une telle intention ? s'indigna-t-il. Je suis resté ici toute la journée d'hier...

— Pas de ça entre nous, Povert ! Je sais que Sanglard est retourné à l'endroit où a été retrouvé le corps. Qu'est-ce qu'il était censé y faire, à part une balade de santé ?

— Trouver d'autres indices... Cette histoire d'attaches parisiennes m'intrigue...

Hunkeler fulminait.

À mots couverts, Povert se payait sa tête.

— Je veux des résultats, vous comprenez !

— Tout à fait. Et je m'y emploie... Le problème, c'est que nous ne sommes pas assez nombreux pour traiter les informations. Il me faudrait plus d'hommes...

— Vous devrez vous contenter de ceux que vous avez ! martela le commandant.

— Comme d'habitude... Pourtant le problème des effectifs reste une question cruciale. Deux officiers sur la touche et c'est l'évidence même que nous ne pouvons pas mener à bien notre mission, alors que nous avions reçu l'assurance de toucher de nouveaux renforts...

— Povert, nous nous égarons ! Si vous avez une remarque à formuler sur vos conditions de travail, faites-la remonter par le biais des syndicats. Maintenant, expliquez-moi comment on peut retrouver trois trombones alors que le terrain a été quadrillé par une vingtaine d'enquêteurs.

Povert se fendit d'un sourire narquois.

— De la même manière, qu'on peut passer à côté d'une attache parisienne alors que le terrain est labouré par une horde de joufflus en brodequins.

Hunkeler avait oublié à quel point Povert pouvait se montrer pugnace. Un trait de caractère qui les avait souvent vus s'opposer.

— Berthier m'a réclamé votre tête. Il veut que je vous dessaisisse de l'affaire…

— Et vous avez accepté ?

— Je lui ai demandé vingt-quatre heures de réflexion…

Le capitaine applaudit. Avec une lenteur exaspérante.

— Bravo, patron ! La gendarmerie va enterrer la police. Depuis le temps, que vous cherchiez un motif pour me mettre sur la touche, vous tenez là votre revanche.

— Qui parle de revanche ?

Povert se raidit, prêt à décocher d'autres flèches.

— Les yeux dans les yeux, jurez-moi, commandant Hunkeler, que Claire n'interférera pas dans cette décision ?

Les deux hommes se défièrent.

— Vous savez bien que ce n'est pas possible, capitaine. Claire restera toujours entre nous comme une plaie purulente…

— Alors prenez la bonne décision !

Le capitaine se leva d'un bond et sortit en évitant de croiser le regard assassin de Hunkeler.

Une fois dans le couloir, pris d'étourdissements, il s'adossa au mur, ferma les paupières et chercha à faire le vide en lui. Mais son cœur battait furieusement le tocsin.

Il attendit quelques secondes que la crise passe. Un temps pendant lequel il répéta avec application : *« Quand la douleur est en toi, fais tout pour qu'elle devienne une force... »*

Povert avait du mal à croire à l'efficacité de l'autosuggestion, mais depuis qu'il la pratiquait plus assidûment, il devait en reconnaître certains bienfaits. Il contrôlait mieux ses crises qui, pour le coup, duraient moins longtemps. Mais il nota qu'il en était déjà à la troisième de la semaine, une fréquence pour le moins alarmante.

La douleur diluée, son corps restait néanmoins parcouru de tremblements nerveux. Il patienta encore quelques instants puis abandonna sa position pour la machine à café.

Devant l'appareil, il hésita, préférant cette fois-ci une eau plate à un énième jus de chaussette, avant de descendre au département des Archives.

Là, il consulta le listing du personnel où il retrouva trace de Damien Cornillet. Ce dernier y avait officié le temps d'un été, celui de l'année 2007. Puis à partir de cette découverte, il s'évertua à remonter le temps.

Trois heures plus tard, il n'était guère plus avancé, attaquant tout juste l'année 2004, celle de son arrivée à Rouen et de l'insouciance avant le chaos...

Aux alentours de 21 heures, abruti par ses recherches, il abandonna la partie, salua l'officier de garde et remonta dans son bureau.

Sanglard avait laissé deux messages. Le premier relatait succinctement la visite du lieutenant Dridi au père d'Oslo Kern. Le second l'informait que le rapport d'autopsie était disponible. Le médecin légiste validait la thèse d'une fracture du crâne comme cause de la mort, sans pour autant préciser le type d'arme utilisé.

Le capitaine consulta sa montre et jugea qu'il était grand temps pour lui de regagner son domicile. Il avait envie de se changer les idées, de goûter enfin au repos, après la pression de ces dernières heures.

Il regagna à pied la rue Lafayette, sans dévier du parcours qu'il s'infligeait depuis tant d'années, de peur de se sentir parfois à « côté de son corps ». Un processus de la dépersonnalisation qui confinait à la folie.

Au pied de chez lui, il s'arrêta pour acheter un kebab, une première nourriture chaude depuis des lustres, un petit plaisir qu'il dégusta en grimpant poussivement l'escalier qui menait au quatrième.

L'appartement était resté dans l'état où Claire l'avait abandonné cinq ans plus tôt.

Ils s'étaient quittés sur une promesse, un petit dîner en tête-à-tête dans un restau de la rue Eau-de-Robec. Au lieu de cela, ils s'étaient retrouvés à la morgue, lui, dans le monde des vivants inconsolables et, elle, prématurément au panthéon des amours sacrifiés. La faute à un trente-huit tonnes fou qui avait cartonné une file de véhicules à l'arrêt, laissant derrière lui trois morts et seize blessés.

Elle partait pour un remplacement à Grand-Couronne.

Les élèves de l'école Buisson n'en avaient jamais rien su.

Povert posa son regard sur le sourire plein de promesses, un portrait immortalisé pendant leur dernier séjour en Corse. Un mois d'août chaud et tendre où ils avaient évoqué un prolongement à leur bonheur, une petite tête forcément blonde et turbulente.

Il alluma la bougie placée à côté du cadre selon un rituel immuable. Puis il fixa la flamme et se perdit dans ses pensées.

Bien plus tard, Lucien alluma la chaîne, lança le morceau d'*electro dance* au titre prémonitoire, musique répétitive et envoûtante. L'air préféré de Claire.

Vertigo.

Vertige de la solitude, de l'absence et du corps orphelin.

Vertiges.

15

Kamel n'avait pas envie de rentrer chez lui. Trop de sentiments contradictoires se bousculaient dans sa tête.

Et dans le peloton de ses interrogations, la conduite de Céline restait une douloureuse expérience qu'il aurait aimé partager avec Sanglard ou Povert, mais ni l'un ni l'autre n'était là lorsqu'il était repassé dans le service pour mettre à jour ses rapports.

Néanmoins, il en avait profité pour joindre son collègue missionné pour la recherche téléphonique. Mais, l'homme débordé n'avait pas encore eu le temps de fourrer le nez dans le dossier.

Heureusement, Perrois s'était montré plus prolixe. Il lui avait appris que Madeleine Riboux avait été étranglée à l'aide d'un lacet de chaussure, un lacet en polyester hydrofuge. Un lacet que l'on trouvait généralement sur les chaussures de randonnée et qui résistait à l'abrasion de l'herbe, des pierres, des ronces ainsi qu'aux intempéries. Un lacet visiblement fatigué, vu que des fibres microscopiques avaient été retrouvées dans les plis du cou de la victime.

Sa visite au père d'Oslo Kern lui avait fait perdre quelque peu le fil de sa propre enquête.

Il la reprit en s'attachant au profil du meurtrier.

Au stade de ses investigations, il penchait pour plusieurs suspects : Merlandot, le patron raciste du *Chien vert*, Ruben, le prêteur désintéressé et Jay-J dont il ne connaissait pas grand-chose, sans pour autant négliger la piste du fils et des clients de la victime.

Il consigna ses observations et quitta l'hôtel de police vers 20 heures 15.

Il prit la direction de Sotteville où il trouva des commerces encore ouverts. Il fit quelques emplettes : des cigarettes, des fruits, des légumes, de la semoule et de la viande, avant de poursuivre sur Saint-Étienne-du-Rouvray.

Sa mère habitait toujours le Château-Blanc, un quartier où il ne gardait pas que des amis. Grandir au milieu des bandes et finir flic n'était pas forcément bien vu. Mais ses racines s'inscrivaient dans ces quatre « œufs » que l'arrivée du métro avait définitivement désenclavés.

Mounira en personne lui ouvrit et tomba dans ses bras.

— Mon fils ! Tu te souviens que tu as encore une mère...

— Mouni, tu es injuste, je viens toujours quand je peux.

— As-tu au moins compté les jours, mon fils ?

— Tu sais bien que je suis fâché avec les chiffres...

— Tsé, tsé, tsé ! Quatre jours, tu te rends compte ? Même Khalid pensait que tu étais mort...

— Mouni ! Quand vas-tu comprendre que j'ai un travail prenant ? Cela m'arrive aussi de faire des heures sup. Au fait où est-il ?

— Ton frère ?

— Oui. Je ne veux pas qu'il traîne dans la cité le soir !

La vieille femme leva les yeux au ciel et agita ses bras en signe d'impuissance.

— Il a dix-sept ans, Kamel ! Je ne peux plus le garder enfermé dans sa chambre comme un tout petit…

— À son âge, je ne pensais qu'à mes études.

— Il n'aime pas apprendre, tu sais…

« C'est bien le problème ! » pensa Kamel mais pouvait-il réellement en vouloir à Khalid, lui qui vivait au quotidien avec sa mère ? Lui qui la supportait entre deux séances de jérémiades où elle ressassait le passé comme on roule le couscous.

— Est-ce que je peux dormir ici, ce soir ?

— Mounira se statufia.

— Toi, mon fils, tu as fait une bêtise ! fit-elle en agitant un index aussi noueux que du bois d'olivier.

— Non, rassure-toi. Mais j'avais envie de partager une soirée avec vous…

— Ça fait combien de temps que tu n'as plus dormi ici ?

— Mouni, tu ne vas pas dater toutes mes visites en jours !

— Pour les nuits, je dois convertir en années, mon fils !

Malgré ses reproches, Kamel sentait la vieille femme heureuse, habitée par une curiosité salvatrice. Une flamme qui l'attira sur un canapé où, tout gosse déjà, il devait confesser sa journée d'écolier.

— Alors qu'est-ce que tu as à me raconter, mon petit Kamel ?...

Le lieutenant joignit ses mains à celles de sa mère. Un contact charnel indispensable. Une manière pour lui de replonger dans ses racines. De puiser la sève dont il se sentait sevrer dans les moments de découragement.

— Au fait mon fils, quand est-ce que tu nous présentes ta future femme ?

Kamel connaissait les obsessions de sa mère, faire de ses enfants des gens respectables par le biais de l'ordre établi.

— Ce n'est pas d'actualité, Mouni...

— Ne me mens pas, Kamel !

— Avec mon métier, je n'ai pas d'horaire. Quelle femme voudrait d'une vie pareille ?

— Alors, tu as honte de ta mère !

— Pourquoi aurais-je honte de toi, Mouni ?

— Parce que je suis une vieille femme et que j'habite la tour la plus minable du quartier.

— Qu'est-ce que tu racontes ?

Mounira se dégagea de l'étreinte de son fils, le regard embué de toutes les frustrations d'une vie.

— Elle m'a téléphoné, Kamel ! Elle veut nous rencontrer ton frère et moi...

À cette révélation, Kamel sentit son sang refluer, se figer, tandis que son cerveau plongeait en hypothermie. Sous le choc, il fut incapable d'aligner deux pensées cohérentes. Bien qu'au-delà de cet état végétatif, au-delà de cette rigidité apparente pulsait au plus profond de lui une tension dont il ne mesurait pas les effets, dont il avait peut-être tout à redouter.

— ... Tu vas bien ?

Kamel se leva brutalement, convaincu que la fuite était préférable à une discussion interminable.

— Il faut que je parte maintenant !

— Je croyais que tu restais...

— Une autre fois, Mouni... Une autre fois...

Le regard de la vieille femme chavira sous la déception. Des larmes embuèrent son regard tel un aiguillon insupportable.

Trois étages plus bas, il tomba sur son frère.

— Lusse le kisdé ! lâcha un Khalid particulièrement acide.

— Ne me parle pas sur ce ton.

— Qu'est-ce que t'es venu faire ?

— Parler.

— De quoi ? Ça fait longtemps qu'on a plus rien à se dire...

— Tu te trompes, Khalid ! Jay-J, tu connais ?

— Neg' le nessbi ?

— Oui.

— C'est un soubarou.

— Décode !

— Un Major, un dur qu'on respecte pour ses couilles, avec son armée de schlass... Au fait, il paraît que t'es guéguaine ?

— Dans tes rêves, Khalid !

Kamel planta là son frère et dévala les derniers étages la hargne au ventre.

Ruben lui avait raconté des salades et Céline lui pourrissait la vie jusque dans ses derniers retranchements.

Deux bonnes raisons pour entamer d'urgence un nouveau cycle de relations.

⁝ Jeudi ⁝

16

Lucien Povert arriva à son bureau aux aurores.

Le rituel du café respecté, il reprit le chemin des Archives. Mais au lieu de remonter le temps de façon méthodique, il plongea directement à la fin des années soixante-dix, à une époque où les voyous avaient encore une gueule et un certain code d'honneur.

Il entrait tout juste dans le métier. Il faisait ses armes et connaissait le dur apprentissage des commissariats parisiens. Mesrine hantait encore les esprits. Lui fréquentait les bars à putes et les boîtes de nuit à ses heures perdues parce qu'en ce temps-là, la pègre et la police jouaient à « *Je t'aime... moi non plus !* » Un refrain qui tournait toujours en boucle dans sa tête.

Povert ne pouvait décrocher de l'histoire d'Oslo Kern.

Il avait terminé *Le Rouge et le Cambouis* au petit matin. Un bouquin dont l'histoire pouvait se résumer en quelques lignes : Le corps d'Emily Thirard, une étudiante en droit, est retrouvé calciné. Quérard et son adjoint Perez héritent de l'affaire. Le coupable, Mathias Corbot, est jugé irresponsable au moment des faits et placé en hôpital psychiatrique, un être machiavélique qui va charger un « mort à l'assurance » d'abattre les deux flics. L'homme, un ferrailleur de la région, sera finalement trahi par une paire d'empreintes retrouvées à proximité de la jeune fille sur un bidon d'essence.

Une pure fiction, si l'on se référait à l'avertissement destiné aux lecteurs. Mais jusqu'à quel point ?

Sanglard était resté flou sur la datation de son souvenir.

Povert prit donc quatre-vingts comme année de référence puis navigua autour de cet axe en s'en éloignant progressivement.

Il attaquait l'année quatre-vingt-trois, lorsqu'il loua son intuition.

Et sans plus attendre, il s'immergea dans le dossier 83-0867.

Au mois de décembre de cette année-là, Laurence Gardy est retrouvée assassinée dans la chambre d'une cité universitaire à Mont-Saint-Aignan. Sans hésitation, les parents de la jeune fille lancent le commissaire Moreau sur la piste de son petit ami, un certain Philippe Drasse, décrit comme un individu manipulateur et extrêmement violent. La victime a été défigurée à l'acide avant d'être poignardée à quarante-neuf reprises. Mais personne n'a rien entendu ni remarqué. L'heure du crime est arrêtée entre 11 heures et 11 heures 30 ce jour-là. Aucun indice probant n'est retrouvé sur place, mais le commissaire va s'attacher aux basques du meurtrier présumé. Trois jours plus tard, lors d'une perquisition au domicile des parents de Philippe Drasse, de riches industriels rouennais, les policiers découvrent un poignard maculé de sang. L'arme appartient bien à leur fils, grand amateur de pêche sous-marine. Les analyses ne pourront formellement authentifier le sang retrouvé ni l'arme du crime. Mais Moreau ne lâche pas l'affaire et, sur les présomptions qu'il s'est forgées, va tenter le tout pour le tout. Sur la seule compatibilité des blessures retrouvées sur le corps de la victime et des caractéristiques de l'arme saisie, il fait arrêter Philippe Drasse. Au cours de sa troisième audition, le jeune homme qui jusque-là niait toute implication, finit par reconnaître les faits et plaide pour un accès de folie, une thèse étayée par les rapports de psychiatres qui suivront. L'homme échappe ainsi à un procès en cour d'assises et est envoyé à l'isolement au Centre Hospitalier du Rouvray. L'affaire aurait pu en rester là si le commissaire Moreau n'avait été retrouvé quatre ans plus tard une balle dans la tête, au cul d'un véhicule de service. Un meurtre resté non élucidé, vingt-deux ans après les faits.

Povert demanda une copie du rapport et remonta dans son cagibi.

Hunkeler était passé, avait laissé son empreinte, un mot griffonné dans l'urgence d'une décision prise à contrecœur. « *Jusqu'à nouvel ordre, vous continuez.* »

Le capitaine ne sut s'il devait se réjouir. Hunkeler aimait peu qu'on lui force la main. Mais le manque d'effectifs avait dû plaider en sa faveur.

Il appela Sanglard, tout juste arrivé, et les deux hommes refirent un point sur les avancées de leurs recherches.

Le capitaine souligna les similitudes entre la fiction d'Oslo Kern et le dossier 83-0367. Il s'attarda sur la mort du commissaire dont on n'avait jamais retrouvé le meurtrier et émit l'hypothèse que la sortie du livre pouvait avoir ressuscité de vieux démons, ce qui incluait de nouveaux suspects, de nouvelles vérifications et forcément des égarements préjudiciables à la quête de la vérité.

De son côté, Sanglard parla de ses investigations. Malgré la réquisition de flics en tenue, le lieu où Oslo Kern s'était rendu le dimanche soir restait introuvable. Tout au plus pouvait-il affirmer que ce dîner ne s'était pas tenu dans un restaurant de la ville ou de ses environs proches. Pour le reste, les gendarmes ne semblaient guère disposés à lâcher de nouvelles informations, compétition oblige...

La piste de Lucas Bartelt restait à explorer.

Les deux hommes en étaient à ce stade de leurs réflexions lorsqu'une tête hirsute s'encadra tout sourire dans l'encadrement de la porte.

Gantier mastiquait son éternel chewing-gum.

— Il paraît que je vous ai manqué ! lança le gaillard en remontant un jean qui n'en finissait pas de jouer au Yo-Yo.

Le lieutenant possédait un authentique physique de sumo. Il devait taquiner les cent vingt kilos. Il prenait allégrement deux places assises lorsqu'il voyageait en train et pouvait manger un poulet à son petit déjeuner s'il se réveillait l'estomac dans les talons. Il chaussait du 52 et mesurait pas loin de deux mètres. Il possédait des battoirs à la place des mains mais ne s'en était jamais servi, professionnellement parlant, trop jeune pour avoir connu les interrogatoires au bottin.

— Tu tombes bien, on recrute…

Gantier investit le cagibi et tout d'un coup, l'air se fit plus oppressant.

— Dix jours d'arrêt, je commençais à tourner vinaigre.

— Et là, tu te sens mieux ?

— J'ai encore un peu les boules… Pardon, mes parotides sont encore un peu gonflées mais d'ici deux ou trois jours, tout devrait rentrer dans l'ordre. Dixit le Sganarelle que j'ai consulté. Alors sur quoi bossez-vous ?

Povert désigna le bouquin d'Oslo Kern en équilibre sur une pile de dossiers.

— Sur la mort d'un apprenti médecin qui s'est improvisé auteur à succès et sur le mystère de deux attaches parisiennes dont on peut raisonnablement se demander ce qu'elles viennent faire dans cette affaire-là. Le tout saupoudré d'un bon paquet de droits d'auteur qui aurait pu susciter quelques convoitises. Ce qui m'amène à penser que l'on a peut-être négligé l'importance de cette manne financière...

— Et à part ça, il y a de la nouveauté dans le service ?

Sanglard brûla la politesse au capitaine.

— Sorel nous a abandonnés. Elle doit se ménager sous peine de mettre son bébé en danger. Et puis on a écopé d'une stagiaire, Céline Cauchy, le genre Angelina Jolie, tu vois. Le portrait ne serait pas complet si j'oubliais de te dire qu'elle a des rondeurs comme il faut, là où il faut pour affoler le mâle en rut, mais aussi un caractère de bouledogue. Reste que cela fait deux jours qu'on ne l'a pas vue traîner dans le service.

— Putain, je me sens déjà beaucoup mieux !

— Attends de voir avant de t'enflammer.

— C'est tout vu ! Un peu d'air frais ne se refuse pas...

Povert reprit la main.

— Dis Jean-Pierre, ton médecin ne t'a pas prévenu des conséquences de tes oreillons tardifs.

— Non, pourquoi ? Je risque quelque chose ?

— L'impuissance, mon gars !

— Manquerait plus que ça ! Pour une fois qu'on peut associer boulot et bagatelle.

Povert et Sanglard échangèrent un regard complice.

— Alors pas de problème, on te colle la gamine et on te fournit la boîte de préservatifs avec...

17

Kamel avait appelé le central puis roulé jusqu'à Oissel.

Il s'était arrêté quai de Stalingrad et avait passé la nuit à ruminer, à l'ombre des réverbères et des projecteurs qui plaquaient une lumière irréelle sur les eaux molles du fleuve.

Lorsque la nuit reflua, la colère qu'il portait ballottait comme un clapot prisonnier d'une marée noire.

Avec son lot de cadavres englués en surface.

En proie au doute, il attendit 7 heures pour affronter un petit matin frais et humide.

Il prit d'assaut l'immeuble dans sa ligne de mire. Deux étages plus haut, il écrasait la sonnette, afin de dissiper les malentendus et les provocations de ces derniers jours.

— C'est pourquoi ? gueula une voix féminine derrière la porte.

— Police !

— C'est quoi ce bordel ?

Les verrous claquèrent avec violence. Puis la porte s'ouvrit sur une mégère en robe de chambre, copie de Céline avec trente ans de plus, que l'on aurait pu qualifier de gélatine montée sur ressorts.

— Lieutenant Dridi, votre fille est là ?

— Laquelle ?

— Céline.

— Alors, c'est vous son amoureux ?

— Justement, je voulais parler de ça avec elle...

La femme le détailla de pied en cape.

— Vous savez que mon bichon d'amour vous a dans la peau, trop peut-être, car mon petit doigt me dit que vous n'êtes pas toujours très gentil avec elle...

— Faudrait que je la voie !

La femme croisa ses bras sur sa volumineuse poitrine.

— Pas de chance, elle a pas dormi ici...

— Où est-elle ? s'écria le flic, au bord de l'implosion.

— Du calme, l'ami ! Vous allez réveiller ses sœurs...

Kamel se demanda s'il n'était pas tombé chez des cousines des Thénardier.

— Si vous voulez me voir quitter les lieux, dites-moi au moins où je peux la trouver ?

La femme hésita puis passa une main mollassonne dans une tignasse rebelle avant de lui répondre.

— Chez sa sœur aînée.

— Où ?

— À Petit-Couronne, pas loin de la place du Marché. Mais le temps que vous y alliez, elle sera déjà au boulot...

Le lieutenant reconnut la logique de son interlocutrice et se trouva du coup désorienté.

— Bon, alors je vais vous laisser…

— Pas de problème, mon gars. À la revoyure !

— Ça m'étonnerait.

— Ah bon ? s'étonna la gélatine vibrante. Tu lui offres une bague de fiançailles et tu veux plus la revoir. Va falloir m'expliquer !

Kamel faillit s'étrangler.

— C'est quoi encore cette blague ?

— Bah quoi ! Elle m'a dit que tu lui avais offert un beau diam. Elle est allée le choisir hier avec sa sœur. Tu sais dans la belle bijouterie de la rue du Gros-Horloge. Même que la patronne a été impressionnée quand Céline lui a dit que tu étais enquêteur à la PJ…

Le lieutenant s'imagina claquant le moulin à paroles. Mais il convint que cette envie sonnerait comme un mauvais réflexe de plus, à l'image de toutes les initiatives qu'il avait prises jusque-là dont il ne pouvait que se mordre les doigts.

— Je pense qu'elle va passer un sale quart d'heure lorsque je vais la croiser…

— T'avise pas de toucher un seul de ses cheveux, pauvre minable ! Sinon je te bourre la gueule !

Kamel se demanda comment elle aurait pu arriver à ses fins vu la différence de taille, mais il pressentait que la mère à l'image de la fille était pleine de ressources. Et avant de goûter à la droite promise, il battit en retraite avec son cauchemar éveillé.

Dans la rue, il tenta de reprendre ses esprits, d'analyser cette situation dont il perdait un peu plus le contrôle à chaque instant.

Il chercha une cigarette pour apaiser sa tension mais n'en trouva pas. Il se revit alors poser le paquet sur la table basse de Mouni et se maudit pour tant d'étourderies.

Sans apport de nicotine, sa réflexion s'avéra confuse, à la peine.

Malgré cela, il dégagea quelques priorités dont une passait par la bijouterie rouennaise pour clarifier le problème.

Il regarda une péniche le doubler. Puis il reprit la direction de Rouen où il comptait bien mettre les choses au clair avec Ruben.

Mais lorsqu'il se retrouva sur le palier de Richard Kowakiewski, il trouva porte close. La voisine, alertée par le bruit, confirma cette absence.

De quoi plomber définitivement son humeur.

18

Lucas Bartelt travaillait dans l'assurance. Agent d'une célèbre enseigne, il tenait boutique rue Georges Clémenceau à Grand-Couronne. C'était un job plutôt difficile en temps de crise où les nouveaux clients se faisaient aussi rares que des propositions d'embauche.

Lorsqu'il découvrit le duo de costauds derrière sa porte vitrée, le jeune homme sut que celui-ci ne venait pas pour négocier une mutuelle santé ou un nouveau contrat « multirisques habitation ».

D'entrée de jeu, Sanglard le conforta dans ses supputations.

— Monsieur Bartelt, notre visite s'inscrit dans le cadre de l'enquête sur la mort d'Oslo Kern. Vous pourriez nous accorder quelques instants ?...

Depuis la révélation du décès de son ami, Lucas s'attendait à ce genre de visite.

Les trois hommes prirent place autour d'une table ronde, habituellement réservée aux négociations.

— ... Quelle était la nature de votre relation avec Damien Cornillet ? attaqua d'emblée le lieutenant.

— Amicale. Quand nous nous sommes rencontrés, nous fréquentions le lycée Corneille. Après le bac, nos routes ont quelque peu divergé. Damien s'est lancé dans un cursus universitaire de longue haleine. Moi, j'ai préféré m'orienter vers quelque chose de moins contraignant. Mon père travaillait dans les assurances. C'est lui qui m'a mis le pied à l'étrier.

— Malgré cela, vous êtes restés en relation ? grogna Gantier entre deux mastications sonores.

— Nous étions très liés. Il m'est même arrivé de partir en vacances avec lui, plusieurs années de suite d'ailleurs.

— Comment le perceviez-vous ? s'enquit Sanglard entre deux notes griffonnées à la hâte.

— Comme un mec cool, hyper sympa, genre grosse tête. C'était un gros bosseur qui savait aussi prendre du bon temps...

— De quelle façon ?

— Il n'était pas le dernier à faire la fête, histoire de décompresser...

— Sur le campus ?

— Ouais, ça nous arrivait. Mais Damien préférait les soirées plus privées. Un été, on a même fait la tournée des plages d'Ibiza. L'enfer ! On n'a pas vu le jour pendant deux semaines...

— *Sea, sexe and drugs* ?

— On peut dire ça, avoua Lucas en soutenant le regard franchement hostile de Gantier. Un Gantier qui, jusqu'au bout, avait espéré faire équipe avec Céline.

Sanglard releva le nez de ses notes.

— Est-ce que c'était un consommateur régulier de substances illicites ?

— Dans ce domaine, pas vraiment. Il en prenait comme il m'est arrivé de fumer quelques joints. Mais de là à dire qu'il était un consommateur régulier, je n'irais pas jusque-là...

— Pourtant, sa positivité au cannabis accréditerait bien la chose…

Imprévisible, Gantier tapa du poing sur la table.

— Putain, quand est-ce que vous comprendrez que le THC est une vraie saloperie ?

Lucas sursauta et chercha un soutien du côté de Sanglard.

— Vous savez, moi je suis totalement *clean*. Je n'ai rien à me reprocher…

— C'est ce que disent tous les jeunes ! s'énerva Gantier Et puis, un jour, dans un accident, on tue des innocents. Et là, c'est trop tard pour exprimer le moindre regret…

— Je vous dis que je suis net !

— On vous croit, monsieur Bartelt, le rassura Sanglard. D'ailleurs, ce n'est pas le but de notre visite. Revenons à votre amitié avec Damien Cornillet. Vous avait-il fait part récemment de problèmes ?

Machinalement, l'assureur resserra son nœud de cravate un peu lâche.

— Non. Je l'ai encore eu au bout du fil, vendredi dernier. Nous devions nous voir ce soir-là. Un rendez-vous pris de longue date mais, à cause d'un emploi du temps surchargé, il ne pouvait l'honorer. Dans la foulée, nous avons pris un autre engagement pour le mois prochain, sans savoir que c'était la dernière fois que nous nous parlions.

Sanglard commençait à assembler certains morceaux du puzzle.

Arrivant de Paris, Oslo Kern avait dormi cette nuit-là chez son père à Bois-Guillaume. Le lendemain, il avait mis le cap sur Caen, avant de remonter par Le Havre le dimanche. De là, il avait poussé jusqu'à Saint-Valéry puis s'était rendu à son mystérieux dîner dans les environs d'Yvetot.

Le lieutenant se promit de rappeler la maison d'édition pour vérifier le timing des deux jours de dédicaces.

— Reste un point à éclaircir, reprit-il. Comment peut-on expliquer qu'un gars, aussi doué que lui, stoppe brutalement ses études ? Vous savez peut-être quelque chose à ce sujet ?

— Bonne question. Une question que ses amis se sont posée lorsqu'ils ont su qu'il stoppait tout. Un soir de spleen, il m'a avoué que l'amour avait eu raison de son ambition.

— Une histoire d'amour ?

— Oui. Il était tombé raide dingue d'une fille de sa promo.

— Comment s'appelle-t-elle ?

— Anne Flexas.

Gantier ruminait avec une application toute bovine.

— Ce qui ne nous explique toujours pas l'arrêt de ses études, observa le colosse avec un regard de tueur.

— Il a couvert son amie.

— Dans quelle circonstance ?

— Une erreur de diagnostic. Ils bossaient dans le même service. C'est lui qui a endossé la responsabilité de la mort d'un patient. Mais la pression a été trop forte. Il a finalement préféré tout plaquer.

— Attitude chevaleresque, remarqua Sanglard. La jeune fille doit être une personne vraiment exceptionnelle !

— On pouvait le penser tant il était amoureux. Et puis un jour, il m'a annoncé qu'ils avaient rompu.

— Le coup a dû être rude à encaisser ?

— Oui. Mais Damien était un battant. Il a assez vite rebondi…

— N'empêche que six années d'étude foutues en l'air pour une gonzesse, moi, je lui fais bouffer sa collection de strings avant de la quitter, commenta le sumo, on ne peut plus sérieux.

Sanglard restait dubitatif.

— J'ai du mal à penser qu'un étudiant en médecine soit prêt à sacrifier six années de son existence comme cela.

— Vous savez, Damien était quelqu'un d'impulsif. Et lorsqu'il avait pris une décision, il s'y tenait.

— Et elle habite où cette briseuse de cœur ? s'enquit Gantier prêt à mobiliser tous les strings de la terre pour venger la mémoire d'Oslo Kern.

— Près d'Yvetot. Un patelin du nom de Louvetot...

Le lieutenant resta interloqué, le stylo en l'air.

— Vous avez bien dit, près d'Yvetot ?

— Oui.

— Et si Oslo Kern avait ce soir-là été invité par son ex-petite amie ? pensa tout haut Sanglard.

Son collègue ronchonna.

— Ça serait trop beau...

— L'hypothèse paraît pourtant séduisante : un village positionné sur l'axe nord-sud révélé par le capitaine, à quelques kilomètres du lieu où a été découvert le véhicule de la victime. Ce sont autant d'éléments qui m'encouragent à penser que nous sommes sur une piste sérieuse.

Gantier ne vit pas du même œil l'enthousiasme de son compagnon.

— Ne nous emballons pas ! Faut d'abord en discuter avec Povert...

— Je vais lui passer un coup de fil.

— Ah bon ! Parce qu'on ne repasse pas par la boutique ?

— Pourquoi faire ? Si on a l'aval du patron, on peut filer directement là-bas... Et c'est autant de temps de gagné dans notre compétition avec les bleus.

— Je vois que tu penses à moi !...

Sanglard saisit l'allusion.

— Sois patient ! Lorsque tu la connaîtras, tu me maudiras de te l'avoir présentée.

— Mais sais-tu mon petit Sanglard que c'est ce genre de cochonnes qui m'excite le plus ?

Silencieux, Lucas Bartelt raccompagna les deux flics sans autre commentaire.

19

Kamel arriva à l'hôtel de police sur les coups de 10 heures 30.

Auparavant, il était passé à la bijouterie pour tenter de circonscrire l'incendie allumé par Céline. Il avait ainsi appris que la jeune femme avait réservé une bague d'une valeur de 12 000 euros. Lors de cette visite, elle avait versé deux cents à titre d'acompte et donné les coordonnées bancaires du lieutenant pour le solde, des coordonnées qu'elle avait visiblement subtilisées lors de sa nuit blanche dans l'appartement.

Passablement remonté, Kamel fit un détour par le cagibi de Povert.

Celui-ci était au téléphone et il attendit qu'il eût terminé pour solliciter un entretien.

— Désolé lieutenant, mais aujourd'hui je suis débordé. L'affaire Kern requiert toute mon énergie et Hunkeler me tanne pour que j'avance plus vite. Mais rassurez-vous, je vois demain matin la stagiaire. Visiblement, elle voudrait être mutée dans un autre service. On se parlera après. Au fait, où en êtes-vous de votre propre enquête ?

Kamel lui brossa un rapide tableau de la situation, misant un maximum d'espoir dans la recherche du portable.

Le capitaine l'encouragea d'une tape amicale et retourna à ses dossiers.

Kamel fil un détour par la machine à café avant de gagner son box. Il ouvrit son ordinateur, consulta ses messages et découvrit avec satisfaction que son correspondant avait comblé son retard. Il lui adressait une liste de vingt-six appels reçus ce lundi-là qu'il imprima aussitôt. Des appels reçus entre 7 heures 47 et 22 heures 32.

Le lieutenant partit à la recherche du rapport d'autopsie qu'il dénicha sous une pile de plis urgents et le relut en diagonale. Il s'arrêta sur l'heure supposée du meurtre, une fourchette comprise entre 14 heures et 14 heures 40. Puis il biffa en priorité les appels antérieurs et constata qu'ils n'étaient plus que dix-neuf, avec trois numéros qui revenaient à plusieurs reprises.

Il les entoura et lança une recherche sur Internet. En quelques clics, il retrouva les auteurs de ces appels : Jacques Merlandot, Richard Kowakiewski et un certain Clovis Bernier. Puis il retranscrit ces appels dans l'ordre de leur émission.

10 h 32 : appel de Clovis Bernier : 5 minutes 33 secondes.

10 h 48 : appel de Richard Kowakiewski : 1 minute 42 secondes.

11 h 04 : appel de Clovis Bernier : 3 minutes 27 secondes.

11 h 12 : appel de Richard Kowakiewski : 3 minutes 06 secondes.

11 h 22 : appel de Jacques Merlandot : 15 secondes.

11 h 24 : appel de Clovis Bernier : 4 minutes 37 secondes.

11 h 29 : appel de Clovis Bernier : 6 minutes 48 secondes.

11 h 37 : appel de Clovis Bernier : 30 secondes.

11 h 46 : appel de Clovis Bernier : 30 secondes.

11 h 58 : appel de Clovis Bernier : 30 secondes.

12 h 07 : appel de Jacques Merlandot : 5 minutes 58 secondes.

12 h 42 : appel de Clovis Bernier : 7 minutes 43 secondes.

13 h 11 : appel de Jacques Merlandot : 45 secondes.

13 h 27 : appel de Richard Kowakiewski : 30 secondes.

Soit au total, huit appels du dénommé Bernier, trois de Merlandot et autant de Kowakiewski.

Après une nouvelle recherche sur la toile, il trouva les coordonnées de Clovis Bernier. Ce dernier demeurait dans la commune de Buchy.

Kamel débaucha deux flics en tenue et prit aussitôt la direction du bourg, célèbre au XIVe siècle pour ses foires aux chevaux.

Vingt minutes plus tard, les trois policiers surprenaient Bernier au saut de lit, un Bernier à peine réveillé, en peignoir, visiblement surpris par un tel déploiement de force, alors que midi sonnait à peine au clocher du village.

Kamel commença par vérifier l'état civil de l'homme.

Il apprit ainsi que ce célibataire endurci était né le 6 avril 1978 à Conches-en-Ouche dans l'Eure. Fils de Marie-Pierre Bernier et de Marcel Riboux qui ne l'avait pas reconnu, il avait vécu une enfance plutôt difficile, ballotté entre des grands-parents sévères et une mère à la tolérance hautement permissive. S'en était suivi des années collège bohèmes. Abandonnant prématurément l'école à l'âge de 15 ans, il avait ensuite enchaîné une multitude de petits boulots. Un an après, à la mort de sa mère, il avait essayé de se rapprocher de son géniteur mais sans succès. Au décès de ce dernier, quelques mois plus tard, il avait noué des relations plus stables avec Madeleine.

— Pourrais-je savoir de quoi vous vivez, monsieur Bernier ?

Clovis dévisagea Kamel, une lueur cynique dans le regard.

— Officiellement des Assedic mais en réalité du jeu : poker et machines à sous, avec les aléas que cela comporte, d'où ma tenue matinale...

— Qu'est-ce que vous a inspiré la mort de Madeleine Riboux ?

— Émotionnellement, rien. Cette femme s'était mise dans l'idée de remplacer la mère que je n'avais pas forcément eue. Et tant qu'elle me filait du fric, je n'y voyais aucun inconvénient...

— Elle connaissait vos activités ?

— Elle savait que j'avais des difficultés à boucler mes fins de mois...

Pris d'une intuition, le lieutenant formula l'hypothèse suivante :

— Par personne interposée, n'était-ce pas le moyen de faire payer ce père qui vous avait toujours ignoré ?

Clovis Bernier ricana.

— Un flic psychologue ! L'institution serait-elle en train de s'humaniser ?

— Répondez !

— Bien sûr. Ce chien m'avait pourri ma jeunesse, alors il devait payer. Mais là encore, il n'a pas eu le courage de réparer ses erreurs, lâche jusqu'au bout...

— À combien estimez-vous le montant des sommes versées par Madeleine Riboux ?

— Si vous voulez les reçus, vous repasserez. Chez moi, l'argent sort aussi vite qu'il rentre, pas le temps de tenir une comptabilité...

— Combien ?! s'énerva Kamel.

— Dans les 50 000 euros, je pense. Mais je vous rassure, Madeleine n'était pas si conne que ça. Elle savait qu'elle ne reverrait pas son blé...

— Comment pouvez-vous en être aussi sûr ?

— Au regard des poules lorsqu'elles comprennent qu'elles vont se faire saigner. Mais pour ça, il faut avoir vécu à la campagne !

Kamel n'était pas d'humeur à supporter la morgue de son interlocuteur. Le coup de la bague lui restait douloureusement en travers de la gorge.

— Pourquoi avez-vous appelé à huit reprises Madeleine Riboux, lundi matin ?

— Tant que ça ? s'étonna Clovis sur un ton badin.

— Un conseil, monsieur Bernier, ne jouez pas à ce petit jeu avec moi. Je veux seulement des réponses aux questions que je pose. Alors ?

— Pour prendre de ses nouvelles, pardi !

Le lieutenant changea brusquement de braquet et menaça.

— Si vous vous obstinez à ne pas vouloir répondre à mes questions, je vais être obligé de vous placer en garde à vue.

— Des menaces, maintenant ?

— Juste un aspect de la procédure, pour bien vous faire comprendre que je ne suis pas là pour perdre mon temps…

— Ah, si vous êtes pressé, fallait le dire !

Suivit une période de flottement où chacun prit la mesure de l'autre.

« Faut-il relancer ? Ou se coucher ? », se demanda Bernier, en jaugeant le flic.

— … OK, j'avoue. J'avais un besoin urgent de liquidités.

— Combien ?

— Cinq mille.

— Pour quel usage ?

— Pour rembourser un prêteur. Vous savez dans ce milieu, l'argent se paye très cher et mieux vaut ne pas trop tarder...

— Quel est le nom de cette personne ?

— Je ne connais pas son nom, juste son surnom. Il se fait appeler Co.

— Et comment le contacte-t-on ?

— Par un numéro de portable. L'argent était dans ma boîte aux lettres douze heures après.

— Quelles étaient les clauses du contrat ?

— Quatre mille plus vingt pour cent par semaine.

Kamel fit un rapide calcul.

— Bigre, le filon est bon !

— C'est pour cela que j'étais pressé…

— Avec quel risque en cas de non-remboursement ?

Bernier croisa les bras.

— Quand on tape à ce niveau-là, mieux vaut être réglo. Co semblait connaître beaucoup de choses sur moi.

Le lieutenant sortit la feuille où il avait retranscrit les appels.

— Votre premier appel remonte à 10 h 32. Qu'est-ce que vous dites alors à Madeleine ?

— Je lui explique ce que je viens de vous dire. Mais elle n'a pas la somme. Alors, je lui mets la pression. Je la menace…

— Quel genre de menace ?

— D'aller tout péter chez elle…

— Et elle vous croit ?

— Je pouvais lui faire avaler toutes les couleuvres que je voulais. Et plus c'était gros, plus ça marchait. Là-dessus, elle me dit de la rappeler une demi-heure plus tard, qu'elle allait voir ce qu'elle pouvait faire. Quand je l'ai rappelée, elle n'avait pas pu joindre ses contacts. Elle m'a assuré qu'il fallait juste que je sois patient. Je l'ai rappelée une demi-heure plus tard sans plus de résultat. La liaison a même été coupée. J'ai remis ça aussitôt et je lui ai passé un sacré savon. Là, c'est elle qui a raccroché. Ensuite, je suis tombé sur sa messagerie et ça m'a encore plus énervé. J'ai dû la rappeler encore une ou deux fois puis j'ai abandonné. Une heure après, j'ai réessayé et c'est là qu'elle m'a annoncé qu'elle avait trouvé la somme.

— Elle vous a dit comment elle s'était débrouillée ?

— Non. Mais, elle semblait contente pour moi. Je devais passer prendre l'argent vers 18 heures.

Les explications de Clovis Bernier tenaient la route et coïncidaient en grande partie avec le planning des appels enregistrés ce jour-là.

— Comment avez-vous occupé votre après-midi de lundi ? demanda Kamel.

Clovis réajusta son peignoir devant les agents imperturbables.

— À quoi voulez-vous qu'un joueur passe son temps ?... Grande salle du Casino de Forges, jusqu'à 17 heures 30. Puis j'ai pris la route et j'ai attendu devant sa porte jusqu'à 20 heures. Et là, j'ai sérieusement pensé qu'elle s'était foutue de ma gueule...

Kamel pensait avoir épuisé son lot de questions quand une toute dernière lui traversa l'esprit.

— Et votre dette, où en est-elle ?

— Elle dépasse les cinq mille, reconnut Bernier, et j'ai Co aux fesses. J'ai peur de le voir débarquer un de ces quatre...

Le lieutenant se dit que cela ne serait que justice, une variante de l'arroseur arrosé, le racketteur racketté.

— Bon, maintenant vous allez nous suivre pour la rédaction du procès-verbal.

— Dans cette tenue ?

— Je vous rappelle que nous sommes pressés...

Clovis Bernier eut beau protester, s'insurger, Kamel resta inflexible.

Madeleine tenait là une petite vengeance.

20

Tout au long de sa vie professionnelle, l'enquêteur collectionne plus sûrement les moments de frustration que les instants jubilatoires.

C'est ce que ne cessait de se répéter Gantier depuis son départ de Grand-Couronne.

Sanglard conduisait. Gantier s'attachait au paysage, prenant son mal en patience. Le premier meublait le silence de propos futiles. Le second ruminait ses esquisses de corps féminins. Angelina Jolie y tenait une place de choix. La matrice référentielle d'où découlaient des versions hybrides prêtes à stimuler son imaginaire.

Sanglard était casé tandis que Gantier se revendiquait en chasseur de gazelle, deux conceptions diamétralement opposées des rapports hommes-femmes.

Louvetot ne s'était révélé qu'une étape. Par les voisins, les deux flics avaient appris que la jeune femme assurait depuis peu un remplacement dans un cabinet médical fécampois. Elle partait vers 7 heures chaque matin pour rentrer aux alentours de 22 heures. Elle recevait peu de visites, plutôt les week-ends. Dimanche dernier, le voisinage se souvenait fort bien avoir aperçu la Saxo d'Oslo Kern, avec un autre véhicule, noir celui-ci, déjà vu devant le domicile d'Anne Flexas.

La route traçait une faille dans le paysage, un pont gris jeté au-dessus des cultures aux dominantes vertes et brunes. De temps en temps, des fermes entourées de hêtres coupaient la monotonie du relief. Elles accrochaient le regard tout en interpellant le citadin en balade.

À mesure que les deux hommes progressaient vers la mer, le ciel se dégageait, libérant des copeaux de ciel bleu. De quoi insuffler un peu d'optimisme dans leur démarche.

Parvenu à Fécamp, Sanglard convia son collègue à déjeuner. Il choisit une brasserie en bordure de mer. Un endroit ouvert qui permettait d'observer le va-et-vient des derniers touristes sur la promenade. Un moment où ils devisèrent de choses et d'autres en oubliant provisoirement leur enquête.

Vers 14 heures, ils revinrent en centre-ville et se rendirent au cabinet médical du Dr Sesson. Anne Flexas leur ouvrit et Gantier comprit à la seconde même pourquoi Oslo Kern avait pu tomber amoureux d'une telle fille.

De taille moyenne, Anne Flexas irradiait l'espace d'une beauté lumineuse, naturelle et sans artifice. Ses cheveux dégradés et courts lui donnaient un air espiègle qu'un regard noisette et profond corrigeait sans pour autant en atténuer le charme.

En lui serrant la main, Gantier fut sensible à la texture de sa peau et, sans hésitation, remisa Angelina Jolie au rayon des phantasmes surannés.

Elle invita les deux hommes à passer dans son cabinet. Elle avait un peu de temps à leur consacrer car ses consultations ne reprenaient qu'à 15 heures.

Comme à son habitude, Sanglard prit les rênes de l'entretien, ce qui n'était pas pour déplaire à Gantier dont les pensées dérivaient déjà au rythme d'une mastication lente et concentrée.

Après une courte remise en contexte de leur visite, le lieutenant attaqua les questions plus personnelles.

— D'après les témoignages recueillis, David Cornillet semblait très épris de vous. Il était tellement amoureux qu'il aurait pu couvrir une erreur de votre part, nous a-t-on rapporté. Mais votre relation s'est soldée quelques semaines plus tard par une séparation et un arrêt brutal de ses études. Comment expliquez-vous ce comportement pour le moins déroutant ?

Anne Flexas posa le stylo-plume avec lequel elle jouait depuis le début de l'entretien.

— Lieutenant, comme vous l'avez rappelé, nous étions effectivement très proches, trop peut-être. Demander le même service de cardiologie pour notre stage a été une erreur…

— En quoi ?

— Il a fallu assumer deux niveaux de relations, notre couple à la ville et notre cohabitation en tant que collègues à l'hôpital. Et très vite, les règles que nous avions édictées ont volé en éclats. Dans la journée, nous étions en concurrence. La nuit nous revivions les événements de la garde. Ça a vite tourné à l'enfer. Mais cet aspect des choses ne serait rien s'il y en avait eu un autre, plus pervers, plus insidieux, que je n'ai pas su détecter à temps...

Sanglard se gratta l'oreille.

— La drogue ?

— Tout à fait. À cette époque, il carburait aux amphètes et à l'héro. Je n'en savais rien. J'ai découvert le pot aux roses lorsqu'il s'est fait prendre à dévaliser la pharmacie de l'hôpital. Pour le reste, il n'y a jamais eu d'erreur médicale. Cette rumeur a juste servi à occulter les véritables raisons de son départ.

— Et après ?

— Je ne vous cacherai pas que j'étais sous le choc. Ça s'était passé sous mon nez et je n'avais rien vu. J'ai forcément accusé le coup.

— Et lui, comment a-t-il réagi ?

— Mal, évidemment. Du jour au lendemain, ses rêves s'écroulaient. J'ai bien essayé de l'aider, de comprendre les raisons qui l'avaient poussé à se détruire de la sorte tout en l'encourageant à se faire soigner. Mais mes efforts sont restés vains. Trois mois après, à bout d'arguments, je le quittais. Mais Damien était quelqu'un plein de ressources. Après une période difficile, il a refait surface. Ce bouquin lui avait, semble-t-il, redonné de l'ambition.

— Vous étiez restés en contact.

— Indirectement, j'avais de ses nouvelles.

— Et vous l'invitez à dîner, dimanche dernier. Pourquoi ?

Gantier suspendit sa mastication.

Anne reprit machinalement le stylo.

— Je crois dans la vie qu'il faut savoir à un moment ou un autre tourner la page. Les années passées ensemble nous ont liés pour toujours. Et si la flamme n'est plus là, il reste une complicité, des liens qu'il fallait retendre, une manière de faire la paix avant un nouveau cycle de relations.

Sanglard enchaîna :

— Qui vous a accompagnée pendant ce dîner ?

La jeune femme rosit. Imperceptiblement.

— Personne ! Nous étions juste que nous deux, en tête-à-tête.

— Pourtant les voisins ont remarqué un véhicule noir garé devant chez vous.

— Exact, c'était la voiture de Simon. Il est passé vers 22 heures. Il voulait voir son frère…

— Pour quel motif ?

— Simon entretenait des rapports assez fusionnels avec Damien. La sortie du livre avait ouvert une brèche dans leurs rapports. Il était temps qu'ils se parlent…

Le lieutenant allait enchaîner, lorsqu'un détail lui revint à l'esprit. Lors de sa visite à Saint-Valéry, le même Simon lui avait affirmé qu'il n'avait pas croisé son frère. Alors pourquoi cette contradiction ?

— Que s'est-il passé ensuite ? demanda Gantier à peine redescendu de son petit nuage.

— Damien est parti le premier. Il rentrait sur Paris. Il devait déjeuner le lendemain avec son éditeur. Puis ce fut au tour de Simon de reprendre la route.

— Vers quelle heure ?

— Autour de 22 heures 30, 22 heures 40. Quant à Simon, c'était un peu plus tard…

Cette version des faits ne satisfaisait pas pleinement Sanglard. En premier lieu, il se demandait quel rôle jouait réellement Simon Cornillet. En quelques révélations, son statut de témoin avait évolué. Il semblait plus proche d'Anne Flexas qu'elle ne voulait bien le laisser entendre. *Dixit* les voisins qui avaient repéré le véhicule à plusieurs reprises. De plus, aucun élément tangible ne venait étayer ce timing pour le coup idéal. *« Et si la réalité était tout autre ? »* s'interrogea le flic. *« Et pourquoi ne pas imaginer une querelle entre frangins ayant mal tourné… »*

— Donc, si je résume bien, poursuivit Gantier, vous êtes une des dernières personnes à avoir approché Damien Cornillet encore vivant.

— Je peux le supposer, confirma Anne Flexas. À l'exception du meurtrier, ajouta-t-elle.

Sanglard retournait les faits. Il cherchait un sens à ces événements, voire une certaine logique, de quoi nourrir des hypothèses qu'il ne manquerait pas de soumettre à Povert à son retour.

— Qui est à l'initiative de cette rencontre à trois ? s'enquit-il.

— Simon. Je vous ai déjà dit qu'il souhaitait parler à son frère…

— De quoi ?

— Désolée, mais il faudra lui demander. Lorsque le moment est venu, je les ai laissés seuls en tête-à-tête.

Le lieutenant décoda. Selon lui, cette rencontre devait servir à clarifier un problème entre les deux hommes. Mais lequel ?

— Damien possédait-il un téléphone portable ?

— Oui.

— Et Simon ?

— Aussi.

Ce qui pouvait accréditer la thèse qu'après leur départ, les deux frères aient pu poursuivre leur conversation. Et là que s'était-il passé ? Pouvaient-ils en être venus aux mains ? Simon pouvait-il avoir commis l'irréparable ? Était-ce lui qui avait transporté seul le corps ? Nettoyé le véhicule ? Fait disparaître le portable ? Abandonné une attache-parisienne en guise de signature ? Mais pour quelle raison ? Autant de questions sans réponse, faute d'un mobile clairement établi.

21

Tout au long de la matinée, Povert s'était attaché à l'étude du dossier 83-0867, un travail fastidieux mais néanmoins nécessaire afin de négliger aucune piste.

À la lecture des témoignages de ses proches, Laurence Gardy était présentée comme une personne sans histoire dont la seule erreur avait été de croiser la route d'un pervers.

La jeune fille était inscrite en première année de droit, un élément repris dans la fiction d'Oslo Kern. Plutôt studieuse, elle s'octroyait des breaks dans les fêtes estudiantines, sans pour autant en abuser. Elle possédait un cercle restreint d'amis qui la chaperonnait lors de ses sorties, un groupe soudé d'une dizaine de personnes composé en majorité de filles. C'était pourtant l'un des deux garçons de la bande, Steven Chapuis, qui lui avait présenté Philippe Drasse lors d'une soirée dans une boîte branchée de la ville. Ils s'étaient ensuite revus à plusieurs reprises, à l'occasion de quelques anniversaires bien arrosés et lors de la fête des catherinettes. Une fois bien intégré au groupe, Philippe Drasse s'était montré plus charmeur. De rendez-vous en petites attentions, il avait peu à peu gagné la confiance de la jeune fille jusqu'à faire naître en elle des sentiments qu'elle s'était toujours interdits.

Jusqu'à ce tragique vendredi du 16 décembre 1983 où l'horreur avait plongé toute la communauté étudiante dans l'effroi.

Philippe Drasse avait alors 25 ans. Doté d'un avenir prometteur, il ne savait pas encore s'il prêterait serment pour devenir avocat. Au pire, il avait l'assurance de pouvoir reprendre la florissante affaire de son père, une boîte de transports au rayonnement européen.

Restait l'homme. « Le Monstre » comme avaient titré quelques quotidiens en quête de tirages, un homme svelte à l'allure sportive, grand amateur d'arts martiaux et de plongée sous-marine. Un être équilibré en apparence mais torturé en profondeur. Collectionnant les conquêtes, ce prédateur aimait développer avec ces dernières des rapports physiques poussés à l'extrême. Il avait eu tour à tour sa période bondage, étranglement, scarification, un stade ultime dont il n'avait eu de cesse de repousser les limites. L'inspecteur Moreau avait collecté bon nombre de témoignages qui allaient dans ce sens, des ex-petites amies qui s'étaient toutes réveillées un beau matin en prenant conscience du haut degré de perversité de leur compagnon.

Moreau avait tenté de reconstituer les derniers instants de la jeune fille, un travail rendu difficile par le manque d'indices trouvés sur place car Drasse n'était pas le premier meurtrier venu. Il avait prémédité son crime avec un soin tout particulier, comme un musicien répète inlassablement ses partitions avant de les offrir au public.

L'heure de la mort n'avait pas été laissée au hasard. Il avait choisi ce créneau entre 11 heures et 11 heures 30 car la probabilité de rencontrer d'autres étudiants était la plus faible de la journée. De plus, il connaissait les horaires de cours de sa victime qui, en étudiante studieuse, révisait déjà pour ses partiels de janvier. La météo, ce jour-là, avait été un autre de ses atouts. En effet, en cette matinée de décembre, un brouillard dense recouvrait le campus, un smog à l'anglaise qui avait facilité le repli du meurtrier.

La victime avait été retrouvée sur le dos, les bras et les jambes attachés aux pieds du lit. L'homme lui avait enfoncé un bâillon au fond de la gorge, un sous-pull sur lequel les enquêteurs avaient détecté des traces de salive. Puis le maniaque avait eu une quinzaine de minutes pour parfaire son œuvre, tout d'abord à l'acide, s'attaquant en priorité aux organes génitaux, avant les quarante-neuf coups de couteau qui avaient mis fin au supplice de la malheureuse.

L'inspecteur Moreau avait cherché une signification à ce nombre, un symbolisme que le philosophe allemand Jacob Boehme interprétait comme « le Paradis » en tant que carré de sept, valeur numérique de la perfection.

De cette découverte, l'inspecteur avait tiré une motivation supplémentaire pour coincer le meurtrier.

Quelques semaines avaient suffi où il avait déployé toute son énergie afin de confondre Drasse.

Vingt-six ans après, le capitaine Povert regretta qu'aucun procès n'ait pu éclairer les zones d'ombre de l'homicide. En plaidant la folie, Drasse avait échappé à ses juges, mais aussi aux questions des proches de Laurence Gardy. Cette absence de réponses ne leur avait pas permis de faire leur deuil.

En 1991, Philippe Drasse avait été libéré et soumis pendant deux ans à un contrôle hebdomadaire. Puis l'institution avait perdu sa trace et nul ne s'en était vraiment ému.

À 51 ans, quelle était la vie actuelle de Philippe Drasse ? Pouvait-il avoir radicalement changé ? Vivait-il toujours avec ce poids en lui ? Avait-il dû lutter pour réfréner d'autres pulsions ? Autant de questions dont Povert n'avait malheureusement pas la réponse.

La mort de l'inspecteur Moreau quatre ans après le massacre de Laurence Gardy restait une autre énigme du dossier, un meurtre que l'on ne pouvait pas directement imputer à Philippe Drasse alors à l'isolement. Alors à qui ?

En reprenant des éléments du dossier, le livre d'Oslo Kern pouvait-il avoir réveillé de vieux démons, soulevé la réprobation d'un proche ou celle de Philippe Drasse, lui-même ? Une collusion entre la réalité et la fiction pouvait-elle être une bonne hypothèse de travail ? Une supposition que le capitaine refusait de valider dans l'état actuel de ses connaissances.

Et comme à chaque fois qu'une enquête lui posait problème, il prit le temps de retourner chez lui pour s'en expliquer avec Claire.

22

Par la fenêtre, Kamel observa la sortie de Clovis Bernier en claquettes et peignoir qui, pas fier, se cala aussitôt contre le pilier d'un réverbère dans l'attente d'un taxi, sous l'œil réprobateur de quelques mères qui s'en allaient chercher leurs rejetons à l'école voisine. Cette vision surréaliste lui offrit un moment de décompression après une déposition longue et fastidieuse, un intermède salutaire avant l'audition de son prochain témoin.

En attendant cette confrontation, il gagna la machine à café pour se dégourdir les jambes.

En attrapant son expresso, il réalisa qu'il avait allègrement sauté le déjeuner sans que son estomac ne proteste, une mauvaise habitude contractée depuis qu'il bossait à Rouen. À l'évidence, le métier de flic n'était nullement compatible avec une bonne hygiène de vie.

En réintégrant son bureau, il compulsa ses messages téléphoniques. Un SMS lui apprit que son ami Yohan Borguse s'invitait pour le week-end, une excellente nouvelle, bien vite ternie par un autre message laissé sur sa boîte vocale.

« Salut chéri ! Que penses-tu de la bague que j'ai réservée ? Un aussi beau diamant, à ce prix-là, c'est véritablement une affaire ! Après ta venue, le bijoutier m'a téléphoné affolé. Il semblait un peu déboussolé par tes propos menaçants. Je l'ai rassuré en lui disant que tu étais toujours comme cela, très soupe au lait, mais au fond tout à fait charmant… »

Kamel écourta la communication et dans la même seconde se défoula sur les touches de son clavier.

En quelques clics, il rejoignit la rubrique « Contacts » de son menu et retrouva le dernier numéro enregistré. Il écrasa la touche « Appel » et attendit. Puis après quatre sonneries essaimées dans le vide, il laissa libre cours à sa colère dans un exercice bref, intense et libérateur.

Cinq minutes plus tard, Jacques Merlandot se présentait, visiblement contrarié à l'idée d'abandonner sa clientèle au seul bon soin de Marguerite. Une Marguerite dans tous ses états depuis qu'elle avait reçu la visite de flics peu préoccupés par la bonne conduite d'un commerce.

« *Et surtout ne t'énerve pas ! Pense à ton cœur…* » lui avait-elle répété avec insistance, n'imaginant pas un seul instant tenir une pareille affaire s'il devait lui arriver malheur.

L'homme s'assit à contrecœur.

— Monsieur Merlandot, cette convocation a pour but de clarifier quelques zones d'ombre sur la mort de Madeleine Riboux...

— Alors comme ça, vous m'accusez ? lança-t-il avec agressivité.

— Qui parle d'accusation ? J'en suis toujours au stade des investigations. Ceci dit, vous comprendrez que vos réponses peuvent influer ma perception des faits, d'où leur importance. Êtes-vous prêt ?

Du bout des lèvres, Merlandot grogna un timide assentiment, visiblement contrarié à l'idée se faire interroger par un officier issu de l'immigration.

— Revenons-en à la matinée de lundi. Expliquez-moi ce qui s'est passé entre Richard Kowakiewski et vous.

— Cet abruti s'était mis dans la tête de fumer dans mon bar. Et moi, je ne peux pas me permettre de régler une amende de 135 euros à chaque infraction. Si je n'avais pas réagi sur le champ, l'après-midi même, j'avais cinq fumeurs chez moi et le lendemain, c'était le double. Déjà qu'avec ma femme, on a du mal à joindre les deux bouts...

Kamel connaissait le refrain. Le petit commerce allait mal. Les débitants ne travaillaient que pour payer leurs charges, ce qui ne les empêchait nullement de partir en hiver dans les îles et de fermer un mois entier en été.

— Mais de là à sortir le fusil de chasse pour faire régner l'ordre, il y avait peut-être une certaine provocation de votre part, insinua l'officier.

— Il faut savoir ce que l'on veut. La loi est votée pour être respectée, et avec moi, elle l'est !

Le lieutenant acquiesça, conscient qu'une France aux seules mains des Français de souche prendrait vite des allures de camp militaire.

— Et cette arme, elle vous sert à quoi lorsque vous ne terrorisez pas votre clientèle ?

— À la chasse aux sangliers et aux cerfs. Vous pouvez vérifier, mon permis est en règle.

— On vérifiera, monsieur Merlandot. Maintenant, racontez-moi ce qui s'est passé à la sortie de Richard Kowakiewski, suivi peu après par Madeleine Riboux.

— Bah, rien ! Je les ai observés derrière la vitre. Ils ont discuté un moment sur le trottoir puis ils sont partis chacun de leur côté après s'être engueulés.

— Pour quelles raisons ?

— Aucune idée.

— Que vous a dit Madeleine Riboux en sortant ?

Jacques Merlandot réfléchit.

— Je crois qu'elle m'a dit qu'elle ne foutrait plus les pieds dans un bistrot aussi mal tenu ou quelque chose d'approchant...

— Quelle a été alors votre réaction ?

— J'ai dû lui répondre que ce n'était plus la peine qu'elle remette les pieds au *Chien vert*.

— Vous lui avez signifié la chose en ces termes ?

— Oui, je crois.

— Ce n'est pourtant pas les propos qu'on m'a rapportés.

— Parce que vous croyez tout ce qu'on vous dit ?

— Dans le cas présent, les mots qu'on vous prête sont suffisamment explicites, pour que je m'interroge. Attendez, je vais vous retrouver ça…

Kamel déplaça quelques feuillets sur son bureau en désordre. Puis après quelques secondes d'errements, il mit la main sur son précieux aide-mémoire et relut les citations qu'il avait notées.

— Reconnaissez-vous avoir dit : « Qu'une pute n'était bonne qu'à se faire enculer ! » Avant de lui signifier : « Que si elle repassait la porte, je lui ferais la peau ! »

— Qui vous a raconté pareilles conneries ?

— Un de vos clients, monsieur Merlandot.

— Ah oui, je vois ! Ça vient de Jacky, le petit vieux qui vous a couru après l'autre jour comme un clébard en mal de caresses. Un pauvre type qui n'a plus toute sa tête…

— Monsieur Merlandot, avez-vous tenu ces propos ?

— Comment voulez-vous que je me souvienne de tout ce que je dis en une journée ?

— Donc vous niez ?

— Je ne nie pas, monsieur l'inspecteur mais...

— Lieutenant !

— Mais je serais bien incapable de confirmer ce que vous a dit ce soiffard...

Merlandot ne semblait pas disposé à rendre les armes aussi facilement.

— Bien, maintenant expliquez-moi pourquoi vous avez téléphoné trois fois à Madeleine Riboux entre 11 h 22 et 13 h 11, ce jour-là.

— Qu'est-ce que c'est que cette nouvelle embrouille ?

— Pas d'embrouille, monsieur Merlandot, rien que des faits... Voyez, j'ai sur cette feuille, le relevé des derniers appels reçus par la victime...

Le lieutenant lui passa le listing établi par l'expert en communications.

— ... Reconnaissez-vous le numéro de votre portable ?

Merlandot prit le temps de détailler les chiffres.

— Oui, ça y ressemble. Mais je ne comprends pas...

Kamel observait son interlocuteur. L'incompréhension se lisait réellement sur son visage.

— Bon, dites-moi qui a accès à ce téléphone.

— Moi et ma femme...

— Vos enfants ?

Merlandot se redressa, droit comme la justice.

— Monsieur, apprenez que ma femme n'a jamais pu avoir d'enfants !

— Pouvez-vous alors avoir prêté ce portable ?

— Non ! Et là, je suis catégorique, ce n'est pas le genre de la maison…

Le lieutenant pouvait très bien imaginer. Peut-être même qu'une affichette trônait bien en évidence au-dessus du comptoir pour rappeler à tous les consommateurs qu'*ici, tous les services sont payants.*

— Bon, maintenant, je peux partir ?

— Non, monsieur Merlandot. Vous restez à ma disposition, le temps que j'éclaircisse ce point. On va aller chercher votre épouse. Je l'interrogerai. Peut-être même qu'une confrontation sera nécessaire.

— Vous me mettez donc en garde à vue ?

— Non, du moins pas pour le moment…

Mais cette réponse n'eut pas l'air de soulager le sosie d'Errol Flynn.

23

Claire n'avait jamais imaginé rentrer un jour en conflit avec son père. Et pourtant l'amour en avait décidé autrement.

Quelques années en arrière, Povert avait croisé la jeune femme à un rassemblement pacifique sur la Grand'Place de Lille. Il y avait peu de monde ce jour-là. La pluie avait découragé les plus téméraires. Le capitaine était là pour le boulot. Elle s'était approchée de lui avec son parapluie. Ce grand échalas aux tempes grisonnantes sous une pluie battante lui avait fait pitié. Ils avaient alors engagé une conversation qui s'était éternisée dans un moment de partage et d'écoute rare. Ils avaient fini la manifestation autour d'une bière, avant d'échanger leurs coordonnées.

Rentré chez lui, il avait exhumé la carte et son optimisme avait fondu comme neige au soleil. C'est à cet instant précis que Povert avait réalisé que le hasard n'existait pas. Le nom d'Hunkeler venait une fois de plus de croiser sa route.

Fallait-il croire à une malédiction ?

Le capitaine avait posé la carte sur une étagère. Il aurait fini par l'oublier si la jeune femme ne l'avait pas relancé, plusieurs fois, insisté même jusqu'à ce qu'il décroche. Devant des explications embrouillées, elle lui avait ri au nez comme on piétine des conventions et il avait retenu qu'une Hunkeler ne marchait pas forcément dans les pas du mâle dominant.

Ils s'étaient revus, apprivoisés, sans brusquer les choses. Dans une approche saine de l'avenir, ils avaient construit une relation au jour le jour, pragmatique, sans échéance ni interdit.

Sauf qu'en face, Hunkeler père avait jeté ses forces dans la bataille parce qu'il ne concevait pas que l'amour de sa fille puisse se porter sur quelqu'un de sa génération, un flic sur le retour.

Las des tensions engendrées par leur idylle, Lucien avait fini par demander un poste à Rouen.

Claire l'avait suivi quelques semaines plus tard après avoir clarifié sa situation professionnelle, avant que le commandant ne demande à son tour sa mutation pour continuer à pourrir la vie de ce gendre pour le moins indésirable.

Lucien quitta son appartement de la rue Lafayette et gagna l'hôtel de police. Chaque jour, l'âme en peine, il suivait le même trajet, arpentait les mêmes trottoirs, les mêmes passages pour piétons, cherchant dans ces efforts répétitifs un certain apaisement.

Ses doutes matinaux avaient évolué. Dans le cadre de la mort d'Oslo Kern, il ne pouvait se permettre la moindre impasse, ce qui allait une fois encore l'obliger à remonter le temps.

En deux heures d'un travail de fourmi, il apprit ainsi que Philippe Drasse avait rompu tous liens familiaux à sa sortie d'internement. Depuis, son père était décédé. Sa mère atteinte de la maladie d'Alzheimer se consumait dans un établissement spécialisé de la ville. Vingt-six ans après, sa sœur n'avait pas de mots assez durs pour qualifier la conduite d'un frère intelligent à qui ses parents avaient toujours tout pardonné, jusqu'à lui trouver des excuses lorsqu'il avait évoqué son crime abominable.

Les parents de Laurence Gardy étaient eux aussi décédés, morts de chagrin à trois ans d'intervalle. Deux sœurs perpétuaient la mémoire de la disparue sans tomber dans le culte de la personnalité. Le temps avait patiné les ressentis, esquissé de nouvelles perspectives. Les enfants n'entendant rien aux histoires douloureuses des adultes.

Povert ne pouvait néanmoins se satisfaire de ce constat, tant que Philippe Drasse resterait introuvable, il ne pouvait totalement écarter l'hypothèse que la réalité pouvait s'être invitée à la table de la fiction.

Qu'en aurait pensé Claire ? se demanda le capitaine, en tournant machinalement les pages du magazine évoquant la fulgurante ascension d'Oslo Kern, une gloire éphémère dont il n'avait pas eu le temps de profiter.

Le capitaine tapa le nom de Philippe Drasse sur un moteur de recherche et découvrit pas loin de cent cinquante mille réponses. Un travail de vérification qu'il jugea au-dessus de ses forces. Puis il reformula sa demande pour la Seine-Maritime dans l'annuaire des particuliers « Pages blanches ». Ce qui lui donna trois réponses, dont l'une l'intéressa plus que les autres. L'adresse correspondait à une casse automobile en plein Pays de Caux, un indice qui lui rappela étrangement la fin du livre *Le Rouge et le Cambouis*, une coïncidence propice à influencer ses convictions.

24

Marguerite baissa les yeux, intimidée.

— Savez-vous pourquoi je vous ai fait venir ? demanda le lieutenant Dridi, une fois que la femme eût pris place devant lui.

Madame Merlandot releva la tête et le lieutenant réalisa à quel point elle était affectée.

— Je pense... Lorsque vous êtes venu au *Chien vert,* j'aurais dû vous dire que j'étais entrée en contact avec Madeleine Riboux peu de temps avant sa mort... Mais je ne l'ai pas fait... J'avais trop peur...

— De qui ?

Marguerite s'agita, mal à l'aise.

— Mais de Jacques, lieutenant ! Vous n'imaginez pas à quel point il peut être violent. J'étais encore sous le coup de son altercation avec Ruben, lorsque Magda est sortie. Et là, ça a recommencé... Il était comme fou... Complètement hystérique...

— A-t-il menacé de tuer Madeleine Riboux, comme on nous l'a rapporté ?

— Je ne sais pas... Je ne sais plus... Quand je repense à cette matinée, j'ai la désagréable sensation que tout s'embrouille dans ma tête...

Kamel lui laissa le temps de surmonter son émotion avant de reprendre.

— Pourquoi vous a-t-elle appelée ?

— Lorsqu'elle a appelé, j'étais occupée. J'ai bien entendu la sonnerie mais le temps que je finisse de servir le client et que je mette la main sur le portable, c'était terminé. J'ai lu son message et j'ai essayé de la recontacter, mais je suis tombée sur sa messagerie. J'ai donc abrégé...

Sur la liste, le lieutenant biffa l'appel reçu à 11 h 22.

— Qu'est-ce qu'elle voulait ?

— Elle voulait que je lui prête une somme d'argent. Ça paraissait urgent...

— Combien ?

— Mille euros.

— A-t-elle donné une raison ?

— Oui. Une affaire de famille à régler au plus vite.

— Et qu'avez-vous fait ?

— J'ai pris le temps de réfléchir. Je savais que ce n'était même pas la peine d'en parler à Jacques. Il aurait refusé avant même que je lui explique la chose. Mais en tant que femme, je me sentais prête à l'aider.

— Pourquoi ?

Marguerite chercha le regard du lieutenant.

— Magda n'a pas eu une vie facile. La mienne ne l'est pas plus. Jacques n'a que l'appât du gain comme obsession. On passe nos journées à trimer pour en amasser le plus possible. Mais pour en faire quoi, au final ? Je ne le sais pas, lui non plus, probablement. Alors en réaction avec cette absurdité, j'étais disposée à lui prêter cette somme...

— C'est ce que vous lui avez dit ?

— Oui, j'ai profité qu'il manquait du tabac pour aller en chercher dans la réserve. C'est de là que j'ai passé mon coup de fil.

— Comment l'avez-vous trouvée alors ?

— Ma proposition a eu l'air de la soulager. Je devais lui amener la somme en début d'après-midi, vers 14 heures au pied de chez elle.

— C'est ce que vous avez fait ?

— Non, car entre-temps elle m'a laissé un message stipulant qu'elle avait trouvé une meilleure solution. Elle me remerciait. Un peu surprise par ce revirement, je l'ai rappelée et j'ai laissé un message sur son répondeur.

Trois messages qui correspondaient à ceux reçus par Madeleine.

— Votre mari aurait-il pu surprendre votre conversation ?

— Peu probable. La réserve se trouve au bout d'un couloir et j'avais pris le soin de bien fermer les deux portes de communication.

Kamel se gratta la tempe à la recherche d'une faille.

— Ce jour-là, Jacques a-t-il quitté le *Chien vert* entre midi et 15 heures ?

Le visage de Marguerite se décomposa.

— Oui, comme chaque jour. En début d'après-midi, il va porter le liquide et les chèques à la banque.

— Vous souvenez-vous à quelle heure il est parti très précisément cet après-midi-là ?

Marguerite essaya de se concentrer mais ses souvenirs restaient imprécis.

— La seule chose dont je me souvienne, c'est qu'à son retour, le *Chien vert* était désert. Il s'est même servi une bière, chose qu'il ne fait jamais d'ordinaire.

Le lieutenant se demanda si ces derniers éléments n'étaient pas de nature à faire de Jacques Merlandot un suspect idéal.

— Une dernière chose madame Merlandot, votre mari va-t-il souvent à la chasse ?

— Depuis l'ouverture fin septembre, il est pris tous les dimanches.

— Et vous le suivez ?

— Moi non, je déteste ça... Je préfère de loin ma cheminée, mon chat et ma télé.

La femme se massa les tempes, comme excédée.

— Vous allez bien, madame ? s'inquiéta le policier.

— Oui, ça va passer. Un léger malaise dû aux émotions, mais cela va aller... Que comptez-vous faire de Jacques ?

Kamel n'éluda nullement la question.

— Tout cela dépendra de ses réponses. S'il n'a rien à se reprocher, il vous rejoindra dans la soirée. Dans le cas contraire, on le placera en garde à vue.

— Est-ce que je pourrais le voir ?

— Non désolé, pas pour le moment. Mais je peux lui transmettre un message…

— Dites-lui alors « merde » de ma part !

Un message difficilement traduisible en pareille situation.

Kamel raccompagna Marguerite puis appela les tuniques blanches en planque au pied de l'immeuble de Ruben.

25

Simon sursauta lorsqu'on tambourina violemment à sa porte. Il venait tout juste de rentrer du labo où il était en stage. Il s'accordait un petit break avant de ressortir en mangeant quelques biscuits secs.

— Voilà, voilà ! J'arrive !

La bouche encore pleine, il déverrouilla sa porte et tomba sur un Gantier, plus bovin que jamais.

Sanglard suivait, après s'être entretenu avec la propriétaire de ce garage situé au fond du jardin et transformé depuis une quinzaine d'années en chambre d'étudiant.

— Simon Cornillet ?

— Oui.

— On peut entrer ?

Le jeune homme s'effaça, laissa Gantier investir cet espace réduit où sur douze mètres carrés, on trouvait pêle-mêle un lit, un bureau, une douche, un évier, une plaque chauffante, une table, deux chaises dépareillées, deux ordinateurs portables, une relieuse, des dossiers, des vêtements et quelques livres.

Malgré des arômes de cacao en suspension, Gantier fut tout de suite indisposé par l'humidité ambiante.

— On ne vous a jamais dit qu'il fallait aérer de temps en temps, s'étonna le gaillard. Ce n'est pas bon pour la santé !

— Rassurez-vous, j'y suis le moins possible !

— Ce n'est pas une raison. Dites-moi, c'est toujours aussi irrespirable ?

— Avec l'habitude, on finit par oublier...

Sanglard tirait la jambe. Tous ces kilomètres parcourus en quelques heures avaient réveillé de vieilles douleurs.

Le lieutenant serra la main de Simon avant de se laisser choir sur une chaise dans le même état que lui. Gantier jugea que la seconde chaise n'offrait pas plus de garantie et s'affala sur le lit tandis que Simon restait debout.

— Pardonnez-nous cette intrusion, mais nous revenons tout juste de Fécamp et nous souhaiterions prolonger avec vous l'entretien que nous avons eu avec l'ex-petite amie de votre frère.

— Je suis au courant, Anne m'a téléphoné juste après votre départ...

Sanglard ne put s'empêcher de constater que le jeune homme avait beaucoup plus d'assurance qu'à leur première entrevue à Saint-Valéry.

— À propos, comment va votre mère ?

— Le choc est rude. Elle a besoin d'être entourée. Je m'apprêtais d'ailleurs à lui rendre visite. Je pensais même dormir là-bas.

— Vous lui transmettrez toutes mes amitiés...

Une fois encore, Gantier trouva que son collègue en faisait un peu trop. Selon lui, la bienséance avait ses limites. Ils ne venaient pas à l'invitation d'un notable. Ils menaient une enquête et, à ce titre, cherchaient des réponses. Ce qui nécessitait d'être plus direct. Une consigne qu'il s'appliqua en brûlant délibérément la politesse à son aîné.

— Pourquoi vous êtes-vous arrêté à Louvetot, dimanche dernier ?

— Comme vous l'a dit Anne, il fallait que je discute de quelques points importants avec Damien.

— Vous pouvez préciser...

Simon prit le temps de s'asseoir avant de répondre.

— Comme vous avez peut-être pu le deviner, je suis très proche d'Anne. Pendant des semaines, nous sommes restés d'une discrétion absolue. D'ailleurs ma mère n'en sait toujours rien. Mais l'un comme l'autre, nous trouvions que cette opacité autour de notre relation devait cesser. Nous voulions clarifier la situation. C'est pour cette raison qu'Anne avait invité Damien à dîner, histoire de mettre les choses à plat. Ils s'étaient quittés assez fâchés. Mais quand je me suis pointé, elle n'avait pas trouvé le moyen de tout lui avouer. C'est donc moi qui lui ai révélé la vérité et il a accusé le coup. Je revois son visage fermé tandis qu'il me balançait méchamment : *« Pourquoi m'as-tu fait ça, charogne ? »*

Sanglard se souvint alors de l'expression utilisée par Anne Flexas un peu plus tôt dans l'après-midi : *« Faire la paix avant un nouveau cycle de relations. »* En d'autres termes, le dîner n'était là que pour lui faire avaler la pilule, amère, il va de soi.

— Quels étaient les autres points que vous vouliez aborder ?

— L'autre point ! Damien devait m'aider à financer un stage aux États-Unis...

— Et après cette révélation, il n'était plus guère disposé à assumer ?

— Évidemment ! Il ne voulait pas passer pour le couillon de service...

— Dans quel état d'esprit, vous a-t-il quittés ?

— Il faisait front mais je crois qu'au fond de lui, il était terriblement abattu, meurtri. J'ai compris après son départ qu'il espérait sans doute reconquérir le cœur d'Anne grâce au succès de son livre, une façon pour lui de redorer son image.

Gantier pouvait comprendre. Une fille aussi séduisante qu'Anne Flexas ne laissait personne indifférent.

— Il repartait sur Paris ? questionna Sanglard de plus en plus grimaçant.

— Oui. Enfin je crois. En montant dans sa voiture, il s'est retourné vers nous et nous a lancé d'une voix méprisante : « *Décidément vous êtes tous des pourris. On ne peut même plus faire confiance à la famille !* » et il a jeté quelque chose dans notre direction.

— C'était quoi ?

— Sur le coup, on n'a pas cherché à savoir. C'est seulement après son départ qu'on s'y est intéressé. Anne est rentrée chez elle et a rapporté une torche. Puis nous avons inspecté minutieusement la gravelle à nos pieds, une recherche qui n'a pas donné grand-chose. On a juste trouvé une attache parisienne...

Sanglard n'en crut pas ses oreilles.

— Une attache parisienne ? répéta-t-il, pas sûr d'avoir bien compris. On peut la voir ?

— Attendez, je vais vous montrer ça.

Simon bondit de sa chaise et gagna la corbeille à linge sale. Il remua les vêtements qui s'y trouvaient, extirpa un blue-jean passablement élimé et retourna les poches.

— Tenez, la voilà !

Sanglard se leva avec difficultés, prit l'attache entre ses doigts et l'observa avec minutie.

— C'est bien le même modèle que les deux autres, certifia le lieutenant en la montrant à son collègue.

— Si j'ai bien tout suivi, ajouta Gantier, nous en sommes déjà à trois. Le début d'une collection...

Le lieutenant revint à Simon.

— Après son départ, est-ce que vous avez été tenté de l'appeler sur son portable ?

— L'idée m'a traversé l'esprit, mais je savais qu'il ne répondrait pas. Damien était trop fier pour s'abaisser à des compromissions. Il encaissait les attaques et se refermait aussitôt. Plus jeune, il lui arrivait de bouder plusieurs jours d'affilée après une réflexion un peu trop cinglante. À côté de ça, il pouvait se montrer d'une générosité incroyable alors qu'il n'avait pas le premier radis.

— Il vous avait confié son addiction aux drogues ?

— Non. Je crois, mais je peux me tromper, qu'il ne souhaitait pas m'entraîner sur ce terrain-là.

Sanglard réfléchit dans un silence qui s'éternisa.

— Revenons-en maintenant à son renvoi de médecine. Vous en a-t-il parlé ?

— Non. Je l'ai appris de la bouche d'Anne quelques semaines après leur séparation.

Dans l'esprit de Gantier, l'image d'un charognard s'imposa et, à ce titre, le jeune Simon s'avérait plein de ressources.

— Et si ce n'est pas indiscret, ça fait combien de temps que vous entretenez une relation avec Mlle Flexas ?

Gantier trouva une fois encore que Sanglard restait trop convenu. La question méritait d'être posée et il ne devait surtout pas avoir à s'en excuser.

— Trois mois...Nous nous téléphonions de temps en temps et puis un jour, nous nous sommes croisés place du Vieux-Marché. Nous avons pris le temps de parler. Puis nous nous sommes revus plus assidûment...

— Et qu'est-ce que vous pensez du talent d'écrivain de votre frère ?

Le jeune homme fronça les sourcils.

— En regardant vivre nos parents, nous nous étions bien promis que nous ne prendrions jamais la plume. Nous avions trop souffert de leur passion. Un écrivain vit en permanence avec ses héros. Il évolue dans une bulle, une sphère où plus rien ne compte. Seule l'histoire qu'il écrit a de l'importance. On pouvait espérer que la nôtre le serait. Cela ne fut malheureusement pas le cas.

— Manque d'amour ?

— On peut dire les choses comme ça. Depuis toutes ces années, mes parents se livrent une bataille acharnée par livres interposés. Une rivalité dont nous avons été les victimes tout au long de notre enfance et même si aujourd'hui je peux porter un regard moins critique sur notre jeunesse, cela reste néanmoins une blessure douloureuse...

Mal assis, Gantier se releva et se mit à arpenter la pièce tel un fauve en cage.

— L'avez-vous lu ? s'enquit-il sans ambages.

— Je me suis arrêté aux dédicaces. Voir le livre dédié à mes parents m'a coupé l'envie de poursuivre.

— Monsieur Cornillet, saviez-vous que le récit de votre frère était tiré d'une histoire vraie ?

— Je l'ignorais.

— Alors, peut-être avez-vous suivi l'élaboration du roman ?

— Non. La seule chose que je sache c'est qu'il a été écrit en très peu de temps, ce que je peux comprendre s'il avait la matière première sous la main.

Sanglard observait. Qui du fauve ou du quidam allait terrasser l'autre ? se demanda-t-il entre deux élancements.

— Et votre fiancée qu'en a-t-elle pensé ?

— Elle a trouvé que ça se lisait facilement même si ce n'est pas son genre de littérature.

— C'est vrai qu'aujourd'hui le premier gratteux venu peut s'improviser auteur de polar, ronchonna le colosse.

— Allons Gantier, nous n'allons pas refaire le monde ! Vous verrez, un jour prochain, vous connaîtrez vous aussi votre heure de gloire !

— Avec de la poésie, j'ai bien peur de ne jamais goûter au quart d'heure de célébrité promis par Warhol...

Simon fixa Gantier avec étonnement. La police cachait bien ses talents, pensa-t-il. Mais il ne put approfondir le mystère, car le portable de Sanglard affola à la seconde tous les tympans réunis.

— Sanglard, j'écoute !

— ...

— Pas de problème, on arrive !

— Du nouveau ? s'enquit Gantier, prêt à fuir cet air vicié.

— Povert veut nous voir. Urgent, selon sa propre expression...

Sanglard jeta un regard désespéré au radioréveil à côté du lit. Sa femme risquait une fois encore de ne pas le voir rentrer pour dîner.

26

Lorsque Kamel se rassit à son bureau, Ruben le fusilla du regard. Un flic en tenue se tenait derrière lui. Pour plus de sécurité, on lui avait menotté un poignet au montant de son siège. Une forme de représailles après son refus plutôt musclé de suivre les agents venus le chercher.

— Monsieur Kowakiewski, je ne vous cacherai pas mon étonnement...

— Moi aussi, rétorqua le Ch'ti. Je rentre chez moi et je me fais agresser par vos hommes. Je n'ai même pas le temps de me changer que je me fais embarquer comme le dernier des malfrats...

— J'attendais plus de coopération de votre part ! On vous cherche depuis pas mal de temps car j'ai quelques questions à vous poser.

— Au sujet de la mort de Madeleine ?

— Je vois qu'on se comprend !

Ruben s'agita sur son siège.

— Mais je n'ai rien à me reprocher, lieutenant ! Je vous ai déjà dit que j'étais son ami. Je lui rendais des services alors pourquoi voulez-vous que je la tue ?

— Il y a des faits qui ne trompent pas, monsieur Kowakiewski. *Primo*, vous avez téléphoné trois fois à Madeleine Riboux entre votre sortie du *Chien vert* et sa mort. Pour quelles raisons ? *Secundo*, votre histoire avec ce mac de Saint-Étienne après un soi-disant tabassage de votre protégée ne tient pas la route. Lorsqu'on est allé l'interroger, il nous a ri au nez. Il ne vous connaît pas. Il ne sait même pas à quoi vous ressembler...

Richard changea radicalement d'attitude et se fit plus conciliant.

— OK, OK ! Je reconnais, je vous ai baratinés. Je n'ai jamais vu ce type. Mais ce mensonge n'avait d'autre but que de rassurer Madeleine, la remettre en confiance et la libérer de cette peur qui la paralysait un peu plus chaque jour.

Kamel pointa un index accusateur sur l'homme.

— Justement si je poursuis ce raisonnement, vous la rassurez, mais au fond de vous, vous commencez à douter de ses capacités à rembourser ce qu'elle vous doit. De là, vous passez à une phase d'intimidation qui tourne mal et c'est l'accident que vous n'aviez pas prévu au scénario.

— Et je m'assois du même coup sur mes dix mille euros ! Quel imbécile pourrait croire une telle idiotie ?

Le lieutenant hocha la tête, dubitatif. Sur ce point au moins, Ruben n'avait pas tort. En tuant Madeleine, il éliminait du même coup sa poule aux œufs d'or.

— Venons-en maintenant aux coups de fil passés ce lundi-là. Pourquoi vous a-t-elle téléphoné ?

— Elle voulait que je lui prête encore de l'argent.

— Combien ?

— Cinq mille. Elle m'a laissé un message en ce sens sur ma boîte vocale. Je l'ai rappelée presque aussitôt en lui disant que je n'avais pas cette somme et qu'elle devait se débrouiller sans moi.

— Sauf qu'elle ne l'a pas trouvée et elle vous rappelle…

— Ouais, elle me supplie de lui filer cet argent, chiale au bout du fil et cherche par tous les moyens à m'amadouer. Je résiste. Je n'ai pas le pognon, je ne peux pas l'inventer. Et je raccroche.

— Mais elle revient à la charge...

— Ouais. Et là, je suis surpris d'apprendre qu'elle a trouvé une solution. Je lui laisse un dernier message et depuis plus de nouvelles...

Kamel pataugeait. Il reprit la liste des différents appels et chercha la faille. Une longue réflexion pendant laquelle il se désintéressa du sort de Kowakiewski.

— Vous comptez me garder encore longtemps comme ça ? s'insurgea le Ch'ti.

— Tout dépendra de votre attitude.

— Mais je suis prêt à collaborer, lieutenant ! N'oubliez pas que j'étais son ami et que je lui avais déjà prêté de l'argent.

— Justement monsieur Kowakiewski. Justement... Qu'est-ce que vous avez fait lundi dernier entre 13 h 28 et 14 h 40 ?

Ruben soutint le regard insistant du lieutenant.

— Ce que je fais depuis plusieurs mois.

— À savoir ?

— Deux heures de musculation, de 13 à 15 heures et ceci trois fois la semaine.

— Où ?

— À Grand-Quevilly.

— Et je suppose qu'on trouvera des gens certifiant vous avoir vous vu à cette heure-là dans la salle de sport ?

— Je serais surpris du contraire…

Pour la première fois, Kamel mit en parallèle les emplois du temps de Merlandot et Kowakiewski. Au même moment, l'un était censé déposer des chèques à la banque, l'autre soulever de la fonte. Pourtant il y avait des chances pour que l'un des deux mente. Mais lequel ?

Il s'isola dans le bureau de Sorel et téléphona à Povert afin de lui faire part de ses doutes.

Après une longue discussion où les deux hommes passèrent en revue tous les points litigieux, Povert donna son feu vert pour placer Merlandot et Kowakiewski en garde à vue. Il en informa au préalable le procureur de la République, le temps pour l'institution policière de vérifier les allégations des prévenus et de diligenter les perquisitions nécessaires à l'établissement de la vérité.

De retour face à Ruben, il lui signifia la procédure engagée.

— Putain ! Et moi qui vous prenais pour un flic sympa… Je me suis foutu le doigt dans le cul !

— Monsieur Kowakiewski, n'aggravez pas votre cas !

Le lieutenant enregistra à 19 h 28 le début de la garde à vue de Richard Kowakiewski.

Moins d'un quart d'heure après, c'était au tour de Jacques Merlandot de connaître le même sort.

27

À 20 h 11, Povert, Sanglard et Gantier se retrouvèrent pour faire le point.

Sanglard grimaçait. Gantier tirait une gueule d'enterrement. Povert paraissait finalement le plus alerte des trois, malgré des yeux cernés, un teint blafard et une barbe en broussaille.

En quelques mots, le capitaine exposa le résultat de ses recherches et développa sa théorie sur l'interaction des faits, réalité et fiction imbriqués pour les besoins d'un récit qui n'avait peut-être pas échappé à l'attention de Philippe Drasse.

Sanglard n'eut pas le cœur de contredire le boss. Quant à Gantier, il trouva que le vieux s'engouffrait allègrement dans des raccourcis hasardeux, voire simplistes. Mais lui non plus ne chercha pas à développer une thèse contradictoire. Car il avait un estomac à remplir et une furieuse envie de chair fraîche. Anne Flexas l'avait mis en appétit et, après sa longue période d'abstinence, oreillons obligent, il se sentait dans des dispositions à faire passer Casanova pour un piètre séducteur. Et lorsque Povert leur demanda de résumer leurs investigations, le colosse s'y colla avec un art consommé du raccourci. L'exposé dura à peine plus de deux minutes. Le temps pour lui d'éreinter un Lucas Bartelt pas plus intéressant à ses yeux qu'un politicard faisandé, de décrire Anne Flexas en mélanome fortement intrigant et Simon Cornillet en flingueur des principes de base de la fratrie.

Après cette brève intervention, le capitaine exposa l'objectif du lendemain, en l'occurrence la casse automobile de Motteville. Sur les photos aériennes qu'il présenta à ses adjoints, il insista sur le fait que l'endroit bordait la voie de chemin de fer Le Havre-Rouen. Une échappatoire possible en cas de problème et donc une donnée à ne pas négliger, même si Povert avait pour l'occasion réquisitionné des renforts.

— On est censé faire quoi ? s'enquit Gantier, peu emballé par un lever aux aurores.

— On l'interroge. S'il fait des difficultés, on le ramène ici...

— Vous venez avec nous ?

— Sanglard, vous avez peur que je casse l'ambiance ?

— Ce n'est pas ce que j'ai voulu dire, patron. Je m'inquiétais juste pour vos angoisses.

— Louable intention, lieutenant, et je retiens votre sollicitude. C'est vrai que je pourrais demander au commandant Hunkeler de chapeauter l'opération. Je crois qu'il a des choses à se faire pardonner !

— N'exagérez pas patron !

Encore une fois mal assis, Gantier brassa l'air ambiant à la recherche d'une position plus confortable. Une question lui brûlait les lèvres mais la sonnerie du téléphone le prit de court.

L'officier décrocha en jetant machinalement un regard à la pendule accrochée au-dessus de la tête de Sanglard.

— Allô, capitaine Povert, j'écoute...

Sans hésitation, il enclencha la touche du haut-parleur pour faire profiter ses hommes de la conversation.

À l'autre bout du fil, le capitaine Berthier mettait la pression.

La communication achevée, la colère prit le pas sur le découragement.

— Les bleus peuvent parader, s'emporta Sanglard, ils nous ont volontairement caché des infos...

— Juste retour des choses, lieutenant. N'oubliez pas le coup des trombones.

— Mais de là à nous faire la leçon, c'est insupportable !

— Insupportable est le mot qui convient, mais nous avons d'autres atouts dans notre jeu. La guerre ne fait que commencer...

Une fois de plus, Sanglard fut stupéfié par l'optimisme du chef, un sentiment qui ne lui ressemblait guère.

— Si j'ai bien tout compris, résuma Gantier, plus que jamais pressé d'en finir, Simon Cornillet s'est fait flasher à 137 km/h entre Louvetot et l'entrée de l'A13, la fameuse nuit du meurtre.

— Tout à fait. Ce qui tenterait à prouver que Simon nous a menti sur son emploi du temps et qu'Anne Flexas l'a couvert pour l'occasion. Reste à savoir si les deux frères se sont revus, et ce, dans quelles circonstances, mais ne nous immisçons pas dans le travail de nos collègues en uniforme. Je pense qu'ils ne tarderont pas à revenir à la charge...

Povert plissa les yeux sur un sourire énigmatique dont il avait le secret.

Sanglard ne chercha nullement à lever les doutes qui l'assaillaient. La fatigue paralysait ses dernières facultés et il redoutait déjà le moment où il devrait subir les foudres de sa femme.

— ... S'il n'y a plus d'autres questions, rendez-vous donc demain à 5 heures, ici même.

— On pourra faire passer l'opération en heures sup ?

— On essayera, Gantier. Mais je ne vous garantis rien. Hunkeler nous a dans le collimateur. Il va falloir la jouer serrée.

— Au fait, patron, pourquoi détestez-vous autant les bleus ?

— Mon père était militaire, lieutenant, un cinglé de la pire espèce. Toutes les nuits, il nous réveillait, mes frères et moi, pour des histoires de lit au carré mal fait. Le genre de harcèlement qui laisse des traces.

— Je comprends...

— Je ne pense pas Gantier. Votre imagination restera à des années-lumière de l'enfer que j'ai enduré. C'est une expérience terriblement destructrice. Un de mes frères s'est d'ailleurs suicidé avant de connaître la trentaine. Moi, je suis toujours vivant mais je traîne des séquelles, du pain béni pour les psys. Et au final, on peut se demander qui, de nous deux, a été le plus courageux.

28

En quittant l'hôtel de police, le lieutenant Dridi avait soudain pris conscience de l'abîme aux contours mal définis qu'il portait en lui. Une tumeur en expansion qui repoussait toute l'énergie de son corps à sa périphérie, telle une brume sournoise qui grignotait la chaleur humide du fleuve.

Pour combattre cette nausée, il avait cueilli une blonde au creux d'un paquet flétri, une rescapée, pas de quoi l'attendrir pour autant. Il avait un besoin urgent d'insuffler un peu de chaleur dans ses entrailles, d'apprivoiser l'angoisse, tout du moins d'en endiguer sa progression.

La cigarette au bec, il avait alors pris la direction du centre-ville. Il s'était focalisé un temps sur les immeubles croisés sur sa route. Des immeubles semblables à des navires à quai, si hauts que le ciel en était réduit à des stries noires et tourmentées, offrant un contraste saisissant avec l'éclairage chaud et apaisant des appartements où des ombres papillonnaient derrière les vitres tels des éphémères insouciants.

Il était passé devant le *Chien vert* à la devanture baissée. Il avait poussé jusqu'au fleuve comme l'après-midi où il était allé interroger Jacques Merlandot et avait traversé ce boulevard qui n'en était pas un pour s'accouder de l'autre côté face à la Seine et au spectacle de la ville dans ses habits de lumière.

Là encore, il fut sensible aux ambiances, à ces eaux ténébreuses qui reflétaient l'âme projetée des édifices et à la palette de jaunes partant à l'abordage des ponts nimbés de bleu, un bleu intense qui rappelait une des obsessions du peintre Klein, la seule couleur à ses yeux « *hors dimension, n'amenant à aucune association d'idées concrètes* ».

Un enseignement de son ami Yohan qu'il se réjouissait tant de retrouver pour le week-end.

Les deux hommes s'étaient rencontrés trois ans plus tôt au musée de Marrakech. Le jeune peintre préparait alors le vernissage de sa toute première exposition hors de France. Quant à Kamel, il conciliait tourisme et obligations familiales, une manière pour lui de redécouvrir un pays qu'il connaissait mal pour l'avoir quitté trop tôt, à un âge où les souvenirs ne s'imprimaient pas encore dans la durée.

Kamel avait tout de suite été admiratif du travail de l'inconnu qui offrait une peinture à la résonnance singulière qu'il aurait été bien en peine de décrire mais qu'il appréciait pour son esthétisme rétro.

À cette évocation, le massacre des *Nus au bord de l'eau* lui revint à l'esprit tel un boomerang douloureux. Un acte de vandalisme inqualifiable qu'il comptait bien faire payer au prix fort à son auteur. Demain ou après-demain, lorsqu'il en aurait fini avec la résolution du meurtre de Madeleine Riboux.

À ce sujet, il hésitait toujours entre Ruben et Jacques.

Les paris étaient lancés.

Sauf que Kamel n'était pas joueur.

Bizarrement, les bruits de la ville lui parvenaient étouffés. Une bulle extérieure s'était superposée à ce poids stabilisé au creux de son abdomen, sans pour autant gommer la sensation de froid à ses extrémités, une sensation renforcée par une brise d'ouest, humide et pénétrante.

Il piocha une nouvelle cigarette au fond de sa poche et l'alluma en aspirant goulûment ses goudrons chauds.

Entre deux bouffées, un cri strident sur fond de freins martyrisés le tira de sa torpeur.

Il tourna la tête en direction du pont Guillaume-le-Conquérant et saisit le mouvement d'un corps désarticulé qui rebondissait sur la chaussée, le laissant totalement pantois. Avant de recouvrer ses esprits et de se précipiter vers le lieu du drame.

À la troisième foulée, une bourrade le déséquilibra. Pris par surprise, le lieutenant s'affala de tout son long sur le trottoir tandis qu'un corps se couchait sur lui.

Il chercha à se dégager mais son agresseur l'immobilisa avec fermeté. Seule sa respiration chaude et saccadée lui parvenait, une musique rauque et angoissante...

Kamel banda ses muscles, prêt à désarçonner ce cavalier de l'ombre. Mais son corps resta inerte, désespérément sans réaction...

Et dans un dernier éclair de lucidité, il réalisa que les bulles qu'il portait en lui venaient d'éclater, le privant de ses dernières forces.

Vendredi

29

Philippe Drasse se levait tôt.

Quelle que fût la saison, il aimait ouvrir ses volets et contempler la campagne environnante. Chaque matin, il scrutait un paysage verdoyant planté de pommiers où paissaient des vaches plantureuses, au milieu duquel des monstres d'acier ponctuaient les heures de leur souffle chuintant. Le contraste se révélait à chaque fois saisissant. Mais la vie était à l'image de cette voie de chemin de fer traversant la campagne, un lien entre des forces antagonistes.

Lorsque Philippe Drasse ouvrit ses volets, la nuit n'avait pas encore desserré son étreinte. Mais l'homme perçut d'instinct une différence avec les autres matins, une présence inhabituelle de véhicules positionnés à proximité de la gare. Il s'écarta de la fenêtre et abandonna son poste d'observation. Il sortit de la chambre, traversa le palier et investit au pas de charge la tanière du Fox.

Au bruit de la porte violentée, celui-ci se redressa les yeux hagards et attrapa le fusil posé au bord du lit.

— Quèsaco, bordel ?

— On a de la visite.

— Putain, les flics ?

— On dirait bien...

— Alors j'm'arrache !

— Non, tu ranges ta pétoire et on les accueille comme il se doit.

— T'as oublié la bagnole que j'ai tirée, il y a deux jours ?

Philippe Drasse n'oubliait rien.

Il s'approcha de la fenêtre, souleva un coin de rideau et compta les ombres en train de prendre position autour de la casse automobile.

— Va leur ouvrir et ferme-la !

Gordon s'extirpa du lit, attrapa le jean qui pendouillait sur un dossier de chaise et l'enfila en grommelant.

— Et qu'est-ce que je leur réponds s'il me cause de la BM ?

— Que tu l'as jamais vue !

— Je te rappelle qu'on a toujours les jantes d'origine !

— Faudrait vraiment qu'ils soient masos pour aller les chercher au fond du bac à vidange...

Samuel Gordon passa une chemise qu'il laissa ouverte sur un marcel douteux, sauta dans une paire de Reebok pas plus fraîche et sortit de la chambre sans autre commentaire.

Philippe Drasse le suivit dans l'escalier, curieux de connaître les raisons d'un tel déploiement de force.

Les deux hommes pourtant cousins germains, ne se ressemblaient en rien. Malgré ses 51 ans, Philippe

Drasse avait gardé une silhouette sportive. Par contraste, Samuel Gordon, de cinq ans son cadet, était quant à lui plus empâté, plus petit, plus roux et plus impulsif aussi, une boule de nerfs toujours prête à exploser. Mais Drasse savait le contrôler, sauf les soirs où la bière coulait à flots.

Drasse se dirigea vers la cuisine tandis que son cousin basculait dans l'atelier. Il attrapa un mug qu'il emplit de café froid et le but à l'écoute du claquement des verrous sur fond de tôle brutalisée.

Il finit par s'asseoir sur une chaise et attendit en fixant le mont Ventoux qui trônait sur le calendrier au milieu du frigo. C'était un exemplaire de 1992 oublié là par le propriétaire précédent, un original qui peignait des pommiers en fleurs pendant que les gens lui piquaient son gagne-pain, un type que l'on avait retrouvé le crâne fracassé au fond de sa fosse. De quoi conforter l'idée que le monde souriait plus aux audacieux qu'aux contemplatifs.

Fox revint, encadré par deux flics.

— Il paraît que c'est pour toi ! lâcha un peu vite le rouquin, qui se prit un coup de coude en retour.

Le flic de gauche contourna la table et se plaça derrière Drasse.

— Levez les mains... Bien haut, au-dessus de la tête !

Drasse s'exécuta, le mug en équilibre au bout des doigts.

— ... Maintenant, mettez-vous debout ! Sans geste brusque...

Une fois encore, l'homme obtempéra et le flic put se livrer à une palpation en règle. L'examen réussi, le flic s'éclipsa avant de revenir avec deux types aux visages gris.

— Je suis le capitaine Povert, se présenta le plus grand des deux, et voici mon adjoint, le lieutenant Sanglard.

Les deux hommes arboraient des mines renfrognées, à la limite de l'hostilité, la tentative de meurtre sur la personne du lieutenant Dridi ayant fortement entamé leur propension à sourire à l'existence.

Surtout que les nouvelles n'étaient guère rassurantes, car le pronostic vital de leur collègue était fortement engagé.

— Je peux me rasseoir ? demanda Drasse dont les bras commençaient à peser.

— Oui, monsieur Drasse. Philippe Drasse, meurtrier de la jeune Laurence Gardy en décembre 1983…

D'un ton cynique propice à rendre l'homme dans sa ligne de mire méfiant, Povert débitait sa leçon avec l'emphase d'un procureur nouvellement intronisé.

— … qui disparaît en 1993 à la fin de son obligation de contrôle et que l'on retrouve seize ans plus tard à la tête d'une entreprise florissante.

— Un rectificatif, si vous me permettez. Je ne suis que l'associé de mon cousin ici présent.

— C'est ce que je viens de dire ! coupa le capitaine. Chef d'entreprise... Ce qui m'amène à vous poser cette première question. Depuis combien de temps travaillez-vous ensemble ?

— Depuis ma sortie de l'HP. Samuel cherchait une affaire. Celle-ci s'est présentée fort à propos. Il m'a demandé si je voulais tenter l'aventure. Je n'ai pas réfléchi bien longtemps...

— Et d'où venaient les fonds ?

— De mes parents...

— Je croyais que vous étiez brouillés ?

— En apparence, seulement. Cela permettait d'éviter les questions embarrassantes...

Sanglard dégaina à son tour.

— Et après toutes ces années, éprouvez-vous des remords ?

— Le devrais-je ?

— Je me demandais...

Drasse posa son mug en dévisageant le flic au carnet.

— Je vous rappelle que j'ai été reconnu irresponsable...

— Foutaises ! beugla Povert. De bons experts vous ont sauvé la mise. Remerciements à papa, maman ! Sans eux, vous croupiriez toujours en prison...

Drasse revint à Povert en fronçant les sourcils :

— Je vois que mon histoire ne vous a guère convaincu, capitaine.

— Les lâches ont le don de m'exaspérer !

— Sauf que vous êtes loin d'être expert en troubles comportementaux ! répliqua Drasse, ironique.

— Détrompez-vous, les salauds dans votre genre aiguisent toujours mes papilles.

— Je n'en doute pas capitaine, mais je suppose que vous n'avez pas fait tout ce chemin pour venir m'entretenir d'art culinaire…

Povert détailla la pièce. À l'image de ses occupants, elle sentait le rance.

— Je venais prendre de vos nouvelles… et accessoirement, vous rappeler au bon souvenir de la police.

— Aimable à vous, mais vous auriez pu nous épargner les porte-flingues.

— J'aurais pu, mais voilà… la disparition de Moreau m'a convaincu du contraire...

Moreau, le cauchemar de Drasse, qui s'était entêté malgré les mises en garde répétées.

Povert guetta une réaction. En vain.

Drasse semblait retranché dans une citadelle inaccessible, un lieu depuis lequel il contemplait avec détachement le monde à ses pieds.

— Est-ce que le nom d'Oslo Kern, vous évoque quelque chose ?

— Il devrait ?

— On a tout lieu de penser qu'il a cherché à vous joindre. Il était tombé sur votre histoire et souhaitait la réécrire. *Le Rouge et le Cambouis*, vous avez dû en entendre parler ?

— Je ne suis pas l'actualité...

— Et vous ? demanda Povert en se tournant vers le cousin qui commençait à s'agiter.

— Il a quelle tête votre gus ?

Sanglard exhiba la photo de la victime.

Le rouquin la prit et l'observa.

— Alors ? s'impatienta Povert.

— Ouais, il est venu.

— Quand ?

— En mai ou en juin. Il voulait causer avec Philippe. Je lui ai dit que je verrais ce que je pouvais faire. Mais il est revenu une semaine plus tard avec un chèque.

— Un chèque ?

— De dix mille euros. Il a dit que ça serait une avance sur ce que toucherait le cousin s'il l'aidait.

— En échange de quoi ? s'enquit Povert, en revenant au principal intéressé.

Drasse ricana.

— Il cherchait la même chose que tous ceux qui sont venus me voir en sachant qui j'étais. C'était du domaine de l'intime, des sensations éprouvées lors du passage à l'acte, ce voyeurisme ordinaire qu'éprouve le quidam face aux monstres ou aux situations hors normes.

— Combien vous avait-il promis ?

— Trente mille. Il était persuadé que son bouquin ferait un tabac...

Povert se gratta le menton, perplexe.

— Comment peut-on être aussi sûr de ça alors que chaque année des milliers de bouquins finissent au pilon ?

— À cette remarque, il m'avait répondu qu'il fallait pour y arriver réunir trois atouts, à savoir : une bonne histoire, un éditeur de renom et le talent d'une plume.

Sanglard s'étonna :

— Le gosse n'avait aucune expérience en littérature...

— C'est bien ce que j'avais cru comprendre, poursuivit Drasse. Et pour tout vous avouer, je n'ai même pas encaissé son chèque. Il doit encore traîner quelque part sur le frigo.

Povert contourna la table et se planta devant le réfrigérateur couvert de magnets publicitaires. Sous l'un d'eux, il retrouva bien le chèque en question, un chèque en bonne et due forme établi au nom de Philippe Drasse, tiré d'un compte détenu par Jean Cornillet, le propre père d'Oslo Kern.

La pensée du capitaine flotta quelques instants, le moteur diesel qui l'habitait semblait pour le coup en mal de reprise. L'officier avait imaginé bon nombre de scénarios mais pas vraiment celui d'un Drasse complètement désintéressé. Alors que lui restait-il sous la dent ? Peu d'indices en vérité, juste une casse auto idéalement placée sur l'axe nord-sud emprunté par la victime le soir de sa mort.

Quant à sa théorie, elle battait furieusement de l'aile.

— Quand deviez-vous vous revoir ?

— Il m'a assuré qu'il repasserait quand il aurait touché ses premiers droits d'auteur. Mais rassurez-vous, je n'attends pas après.

— Il voudrait mieux, car il est mort !

Drasse prit son cousin à témoin.

— Décidément, la vie est vraiment mal faite, mourir si jeune...

Un cynisme pas vraiment du goût du capitaine.

— Que faisiez-vous dans la nuit de dimanche à lundi dernier ?

— On a picolé, répondit le Fox. Comme tous les week-ends, nous oublions que la vie est une putain de vérole...

Povert pataugeait. Et plus il se perdait en conjectures, moins sa thèse lui paraissait crédible. Malgré tout, Drasse restait une énigme, une piste possible parmi d'autres, même s'il manquait toujours un mobile clairement établi. L'argent aurait pu être celui-là, mais le chèque non encaissé venait contredire cette éventualité. À moins que l'esprit pervers de Drasse ait poussé le machiavélisme au raffinement suprême : à savoir égarer les soupçons sous une conduite *a priori* désintéressée.

Mais peut-être que la fouille de la casse allait leur en apprendre davantage.

C'est du moins le souhait que formula Povert en considérant le mutisme de Drasse comme une provocation de trop.

30

Gantier ouvrit la bouche, piocha le chewing-gum qui s'y trouvait et le déposa sur un coin du bureau.

Puis il observa Céline, assise en face de lui.

— Qu'est-ce que tu vois là ? s'enquit le quintal en désignant la boulette en équilibre au-dessus du vide.

— Bah quoi, un chewing-gum ! s'énerva la stagiaire aux yeux rougis. Je ne suis pas si conne que ça !

— Loin de moi, cette pensée, Céline. Mais sous cette pâte à mâcher se cache une petite dizaine de produits : du colorant à la gélatine, en passant par le sorbitol, la gomme base, le bicarbonate et la cire de carnauba, pour ne citer que les plus importants.

— Je vous arrête, je suis nulle en chimie ...

Gantier fit grincer son fauteuil en passant d'une fesse à l'autre.

— Tout ça pour te faire comprendre qu'il ne faut jamais se fier aux apparences, c'est la règle de base de notre métier. Et penser que Kamel finirait par succomber à ton charme, était la pire des extrapolations.

— Comment aurais-je pu deviner qu'il était pédé ?

— Homosexuel, s'il te plaît. Pense qu'en ce moment même, il lutte contre la grande faucheuse…

— Qu'il aille se faire foutre !

Gantier frappa violemment le plateau devant lui. Les objets vacillèrent sous l'onde de choc.

Céline releva la tête, une lueur d'effroi dans le regard.

— Écoute-moi bien, sale petite garce, tu arrêtes ton cinoche ! Tu as piégé Kamel, soit, mais ne compte pas sur moi pour accréditer la thèse qu'il te harcelait.

— Mais le commandant m'a assuré que vous mèneriez l'enquête.

— Là tu te fiches le doigt dans l'œil, petite ! Et si tu as envie de te plaindre, tu peux toujours retourner voir Hunkeler de ma part. Ça sera ta parole contre la mienne…

— Vous êtes véritablement immonde !

— Pas autant que toi… mais je ne te retiens pas. Le commandant va être sûrement très charmé de ton retour.

— Véritablement immonde !

Céline se leva brutalement et quitta le bureau, drapée dans une colère froide.

Intérieurement, Gantier jubilait.

Mais une fois dans le couloir, la jeune femme réalisa qu'elle n'avait plus vraiment la main. Retourner voir Hunkeler, c'était à l'évidence se discréditer complètement, le commandant lui ayant refusé toute possibilité de mutation dans un autre service. Restait donc à composer avec ce balourd de Gantier, un rustre qui aurait pu faire passer Sanglard et Povert pour deux véritables gentlemen.

L'altercation oubliée, le lieutenant reprit l'affaire Riboux à son origine et relut les divers procès-verbaux ainsi que les rapports rédigés par son prédécesseur.

Au bout de trois heures d'une concentration extrême, agrémentée de cinq chewing-gums à la menthe intense, il réalisa l'ampleur de la tâche qu'on venait de lui assigner en urgence.

À midi, il quitta son bureau et partit se restaurer dans une brasserie rue de Lessard où il avait ses habitudes. Il engloutit une choucroute alsacienne, spécialité des lieux, le tout arrosé d'un sympathique riesling Léon Beyer. Puis il acheva son déjeuner avec un café gourmand.

Lorsqu'il revint, Céline l'attendait tout miel, visiblement prête à enterrer la hache de guerre.

Le lieutenant prit bonne note de ce revirement d'attitude et fit en sorte d'oublier l'incident du matin.

À 15 heures précises, il lançait les premières perquisitions de l'après-midi, au *Chien vert* tout d'abord, puis au domicile du couple Merlandot.

Au bout de deux heures d'investigation, les flics avaient fait main basse sur un fusil de chasse, un téléphone portable, une paire de chaussures et sur tous les relevés de compte du couple. Un maigre butin qui, loin de décourager Gantier, lui redonna goût à son travail d'enquêteur.

Dans la foulée, ils passèrent au peigne fin l'appartement de Ruben, une fouille qui dura moins longtemps pour un butin sensiblement équivalent. Ils ramenèrent ainsi deux portables, une paire de chaussures de randonnée, un agenda électronique et là encore tous les relevés de compte de l'homme.

À leur retour, les différents éléments furent vérifiés, une nouvelle fois répertoriés, certains étant expédiés au laboratoire pour expertises.

Puis Gantier formula une demande de prolongation de garde à vue auprès du juge Lamberti en charge de l'affaire.

Entre-temps, Sanglard et Povert étaient rentrés bredouilles de leur virée à Motteville.

Un échec qui mit Hunkeler dans une rage folle et provoqua aussitôt une tension palpable dans tout le service. Mais cette pression retomba brutalement avec l'annonce du décès du lieutenant Dridi vers 19 heures 10.

31

Povert accusa le coup. Avec la perte de Kamel, le capitaine se sentait dans l'état d'esprit d'un père à qui l'on vient d'annoncer la mort d'un fils. Car Kamel était un peu cet enfant qu'il aurait aimé voir grandir. Il le voyait comme un être intelligent, observateur, mesuré dans ses propos et ses initiatives. Il possédait un esprit cartésien et pragmatique, gage d'un enquêteur en devenir qui, selon toute vraisemblance, aurait très vite grimpé les échelons.

Pour cette fois, le capitaine ignora la machine à café. Il prit l'escalier de service et s'enfonça dans les profondeurs du bâtiment. Il descendit plusieurs échelons et se retrouva à un étage connu des seuls habitués, dans une sorte de mess où les flics venaient fêter leurs victoires ou diluer leurs peines.

Povert se servit un double scotch et resta un bon moment accoudé au zinc en contemplant la carte des alcools du monde, embarqué pour un voyage en solitaire, une errance peuplée de souvenirs, de fragments de vie et d'êtres chers.

Puis il vida son verre d'un trait, comme on balance une rose pour un dernier adieu, une manière pour lui d'honorer ses morts et de prendre date avec la faucheuse.

Il allait se resservir lorsqu'Hunkeler rappliqua.

Le commandant avait perdu de sa superbe. Son corps semblait s'être affaissé sous l'intensité du séisme. L'incompréhension se lisait sur son visage. Ses mains étaient même parcourues de répliques, des spasmes qui échappaient à tout contrôle.

Il attrapa un verre, le tendit à Povert qui, sans se faire prier, l'emplit.

— Et maintenant, il va falloir que j'en informe sa mère...

Povert compatit. La mort avait ses rites, ses corvées et ses devoirs de fraternité envers les survivants. Un exercice difficile où les mots empreints d'humanité semblaient fades au regard de la douleur.

Le capitaine se versa une autre rasade.

Le commandant fixa l'or ambré entre ses doigts.

— Ayons une pensée pour Claire...

Povert siphonna son verre et l'alcool courut dans ces entrailles comme une coulée de lave acide.

— Que croyez-vous Hunkeler ? Claire est là ! fit le capitaine en désignant sa poitrine. À chaque seconde, présente... Mais cette vérité vous dépasse, vous meurtrit au plus profond de votre chair. Acceptez l'idée qu'un autre homme ait pu lui donner plus d'amour que vous, vous est insupportable !

— Vous êtes ivre, Povert !

— Vous n'avez jamais accepté que Claire s'affranchisse...Vive la vie qu'elle souhaitait mener. Quelque part, c'était votre propre autorité qui était bafouée, un sentiment insupportable pour un flic comme vous, prétentieux et imbu de sa personne.

— Je ne vous permets pas, capitaine !

— Mais comme ça ne suffisait pas, vous lui avez pourri la vie et la mienne, par la même occasion... Vous l'avez tuée !

— Salaud !

D'un geste provocateur, Povert claqua son verre sous le nez du commandant.

— Regardez-moi Hunkeler, quand je vous cause ! Pourquoi tant d'acharnement ?

En réponse, le bras du commandant se détendit comme un serpent à bout de patience. Le verre rasa la tempe du capitaine avant de s'écraser derrière lui dans un fracas d'amertume.

— Vous n'êtes qu'un pauvre con, Povert. Foutez-moi le camp avant que je vous casse la gueule !

Le capitaine hésita. Sauter à la gorge du boss aurait été si facile, trop, peut-être. Et puis il repensa à Kamel, à ce fils trop tôt disparu, et la vague meurtrière reflua, comme aspirée de l'intérieur...

32

Gantier avait largué la stagiaire en ville, sans vraiment chercher à la retenir. Après une après-midi à bosser ensemble, il ne la sentait pas encore mûre pour des avances. Tout au long de leurs investigations, cette dernière était restée distante, peu motivée par les tâches, prisonnière d'une situation qu'elle n'avait pas voulue. Et même si elle s'en était défendue, l'annonce de la mort du lieutenant Dridi avait ajouté à son trouble.

De plus, le lieutenant avait d'autres projets en tête. Il était de sortie, un rendez-vous pris de longue date et remis plusieurs fois à cause de ses ennuis de santé. De quoi regonfler un moral qui avait connu de sales moments.

Après avoir quitté la jeune femme, celui-ci regagna son appartement de Mont-Saint-Aignan, se changea avant de retraverser tout Rouen.

Betty l'attendait au *Buffalo grill* du boulevard du 11 Novembre, à Petit-Quevilly.

Gantier arriva à son rendez-vous avec un bon quart d'heure de retard, sans chewing-gum mais avec une rose à la main. La nouvelle élue, une métisse d'une trentaine d'années, épinglée par l'intermédiaire d'un site de rencontres en vogue sur le Net, sembla apprécier le geste.

Tout de suite, l'homme fut sensible à la silhouette un peu enveloppée de sa conquête, un bon point pour elle, car le lieutenant détestait les anorexiques et autres obsédées du poids. Il les assimilait d'ailleurs à de piètres amantes, du moins celles qu'il avait eu le loisir de tester. Et comme Gantier n'était pas homme à refaire trois fois de suite la même erreur, il ne répondait plus aux annonces mentionnant expressément des mensurations à faire passer Kate Moss pour la Maïté des junkies.

De prime abord, Betty fut quelque peu impressionnée par la stature de son contact mais sut faire abstraction du physique pour se montrer la plus charmante des compagnes.

Gantier se découvrit quant à lui volubile, intarissable sur des sujets aussi variés que le sort des derniers Nénètses en Sibérie ou les avantages de la géothermie dans un monde bientôt privé d'énergies fossiles, des sujets qui en amenèrent d'autres, plus personnels, voire plus intimes.

Vers 23 heures, ils quittèrent le restaurant. Gantier proposa alors d'aller prendre un dernier verre dans un bar-dancing tout proche. La musique braillait et quelques énergumènes déjà bien imbibés se trémoussaient hystériquement sur la piste. Ils s'installèrent dans un box à l'écart et commandèrent deux Americano, le temps de bousculer les dernières convenances et de tenter les premiers rapprochements.

Betty n'était pas à proprement parler un prix de beauté, mais sa peau possédait une douceur prête à enflammer les terminaisons nerveuses les plus endurcies du lieutenant.

Deux verres plus tard, Betty l'invitait chez elle.

Dans l'ascenseur, n'y tenant plus, Gantier prit la main de sa compagne et commença à lui suçoter les doigts. Ce jeu émoustilla la jeune femme et lui tira quelques gloussements suffisamment explicites pour réveiller à terme les locataires de la cage d'escalier.

— Arrête mon chou ! supplia Betty. Je vais finir par avoir des ennuis... Sais-tu qu'un flic habite au-dessous de chez moi ?

— Je le connais peut-être. Comment s'appelle-t-il ?

— Dridi. Kamel Dridi...

Au nom de son collègue, Gantier stoppa son manège, un pli amer au milieu du front.

— Il y a un problème ? demanda la jeune femme, soudain consciente d'un malaise.

— Non, non, bafouilla-t-il... C'est que...

Mais devant le regard inquiet de cette dernière, il préféra tout de suite dissiper le malentendu.

— Ne t'inquiète pas, ma puce. Ce n'est pas lui qui te fera des histoires...

— Tu le connais ?

— Dans la police, tout le monde se connaît...

Betty pouffa, rattrapée par une vapeur.

— Paraîtrait qu'il aime les hommes...

— Moi aussi !

La jeune métisse se colla contre Gantier et glissa son visage dans le cou offert.

— Alors tu caches bien ton jeu, mon amour, lui murmura-t-elle en laissant sa paume courir dans l'entrejambe de son compagnon.

Le lieutenant roucoula comme un jeune puceau, oubliant à la seconde qu'il était flic et que son monde à lui était surtout peuplé de morts et de détraqués en tous genres.

L'ascenseur s'immobilisa enfin au cinquième. Les portes s'ébrouèrent avant qu'un doigt plutôt fébrile ne les referme expressément pour un huis clos plus charnel.

33

Le téléphone sonna.

Povert émergea difficilement du chaos dans lequel il était plongé depuis le début de la soirée.

Il décrocha, un goût de cendres froides dans la bouche.

À l'autre bout du fil, Barteau, le planton de service, l'informa qu'un visiteur souhaitait s'entretenir avec le lieutenant Dridi.

— Vous venez ou je vous l'envoie ?

Povert s'entendit répondre qu'il descendait. Mais une fois qu'il eût raccroché, il réalisa que c'était une mauvaise idée, qu'en pareille circonstance, son émotion était trop exacerbée pour habiller la mort d'une sagesse réconfortante.

Il se souvenait du coup de fil passé à Hunkeler à la mort de Claire, de ce silence peuplé d'échos inaudibles entrecoupé de sanglots aspirés par un monde vacillant.

Le capitaine se leva et prit malgré tout la direction de l'ascenseur.

Yohan Borguse patientait, les yeux dans le vague.

Au bruit des portes, celui-ci accrocha la silhouette accablée de Povert.

Le capitaine tendit une main sèche que le peintre effleura à peine, un contact furtif tout autant que dérangeant.

— Kamel devait venir me chercher à la gare. Vous savez où je peux le trouver ?

— Suivez-moi…

Povert mena son hôte jusqu'au bureau du lieutenant, trois étages plus haut.

— C'est là qu'il travaillait…

Le peintre prit la mesure de l'espace et demanda :

— Il lui est arrivé quelque chose ?

— Hier, quelqu'un l'a agressé à cinq cents mètres d'ici, sur le quai. Il était tard. Un peu plus haut, une femme venait de se faire renverser…

— Et il est… ?

— Oui, il n'a pas survécu à ses blessures.

— A-t-il souffert ?

— Je ne saurais vous dire. Lorsqu'on l'a retrouvé, il respirait encore. Il s'est éteint ce soir vers 19 heures. Tout le service est sous le choc. C'était un chic type…

La voix de Povert s'étrangla.

La main du peintre accrocha l'épaule du capitaine.

— Je partage votre opinion.

Yohan Borguse pointa une photo près de l'ordinateur.

— Puis-je la récupérer ?

Les deux amis posaient tout sourire. Derrière eux, la mer et des palmiers donnaient un air estival au cliché.

— Je vous en prie…

Le peintre attrapa la photographie et la fit disparaître dans une poche.

Yohan Borguse s'exprimait d'une voix soyeuse, étrangement sereine.

— Quand avez-vous compris ?

— Il devait venir me chercher à la gare. Kamel n'était jamais en retard. Alors cette attente m'a paru suspecte. Et puis, je me suis remémoré des propos tenus voilà quelques semaines. La mort, m'avait dit-il en substance, est la dernière des invitées, celle qu'on ne voudrait jamais croiser et qui vous surprend alors que vous ne l'attendiez pas. Étrange prémonition, vous ne trouvez pas ?

Le capitaine restait impressionné par la retenue du peintre. La parfaite maîtrise de ses sentiments.

— … Au fait, pourrais-je le voir ?

Povert grimaça.

— Demain, sans problème…

— Tout de suite ?

Le flic se sentit tout à coup très las.

— Vous savez… à cette heure…

— Les flics n'ont-ils pas tous les droits ?

L'horloge murale affichait 23 heures 40.

— C'est en effet ce que pense la majorité des gens mais, au risque de vous décevoir, ce n'est qu'un mythe.

— Juste cinq minutes pour un dernier adieu...

Povert se souvint de sa réaction à la mort de Claire. Il avait passé une nuit entière à la morgue à lui tenir la main.

— Attendez-moi là ! Je vais voir ce que je peux faire...

Et pour la première fois de l'entretien, le capitaine décela une émotion palpable sous la carapace.

Abandonnant son visiteur, il réintégra son cagibi depuis lequel il passa quelques coups de fil brefs.

Moins de dix minutes plus tard, un chauffeur les conduisit au CHU.

Povert détestait les hôpitaux et leurs odeurs, ces relents un peu écœurants qui poissaient les souvenirs.

— Vous m'excuserez, monsieur Borguse, mais je vais devoir vous abandonner...

Le peintre tendit une main plus assurée que le capitaine s'empressa de serrer.

— Je comprends... Ravi de vous avoir rencontré, capitaine... Et j'espère que vous mettrez rapidement la main sur le meurtrier.

— N'ayez crainte ! C'est la priorité du service.

— Sachez que Kamel vous tenait en très haute estime...

Le capitaine rougit malgré lui. Il n'avait plus l'habitude des compliments.

— Prenez votre temps, le chauffeur a ordre de vous attendre.

— Et vous ?

— Ne vous inquiétez pas. Je vais bien trouver un taxi pour me ramener...

Borguse se détacha et poussa la porte de la morgue.

Povert l'accompagna du regard avant de tourner les talons, submergé par l'émotion.

Samedi

34

Sanglard fixait l'écran de son ordinateur, sans le voir. Il était épuisé. La faute à la discussion âpre qu'il avait eue avec son épouse durant la nuit, une discussion qui s'était terminée au petit matin par un ultimatum. Florence demanderait le divorce si elle ne tombait pas enceinte avant le Nouvel An, un coup de massue qui venait s'ajouter à l'annonce du décès de Kamel, appris par hasard entre deux mouvements d'ascenseur.

Florence n'avait rien voulu entendre.

Tous les arguments de son époux avaient été taillés en brèche par une colère froide qu'elle ressassait depuis tant d'années. En effet, elle voyait les années passer sans finaliser son rêve de maternité. Une situation intolérable au regard de ses amies *qui connaissaient déjà une descendance bien fournie. « Si à 35 ans, tu n'as que ton boulot comme seul objectif, je crois alors, mon pauvre Julien, que nous n'avons plus rien à construire ensemble ! »* Un ultimatum ! Sanglard n'en revenait toujours pas. Car plus que les mots, c'était la détermination de sa femme qui l'avait impressionné et mortifié. La si douce Florence…

— Ça n'a pas l'air d'aller ? remarqua Povert en s'asseyant à ses côtés.

— Non, pas vraiment, avoua l'intéressé. Deux mauvaises nouvelles en même temps, c'est un peu dur à digérer.

— Quelle est la seconde ? s'enquit le capitaine, interpellé par la mine sombre de son adjoint.

Le lieutenant parut surpris, avant de réaliser que ses problèmes ne s'étalaient pas encore en place publique.

— Qu'est-ce que vous feriez à ma place ?

— À quel sujet ?

En quelques mots, Sanglard lui exposa la situation.

— Il n'y a pas à tergiverser lieutenant, faites-lui l'enfant qu'elle vous réclame et vous verrez, le climat entre vous s'apaisera de lui-même.

— Mais là n'est pas la question, capitaine. Le simple fait d'y penser me coupe tous mes moyens...

— Alors, je ne vois qu'une solution !

— Laquelle ?

— Allez consulter un psy. Lui seul pourra sauver votre couple...

« *Ou le couler* », pensa amèrement le lieutenant.

— Au fait, avez-vous eu le temps de réfléchir à notre affaire ? enchaîna le capitaine.

— Pas vraiment, avoua penaud son adjoint.

— Un détail me chiffonne.

— Lequel ?

— Pourquoi le chèque donné à Philippe Drasse est-il au nom de Jean Cornillet ?

— Aurions-nous négligé une piste ?

— Un personnage, Sanglard. Le propre père d'Oslo Kern. Avez-vous conservé les notes du lieutenant Dridi à ce sujet ?

— Vous devriez savoir, capitaine, que je ne suis pas homme à égarer quoi que ce soit...

Le capitaine dut le reconnaître, Sanglard était le plus fiable de tous ses enquêteurs. Après quelques manipulations de dossiers, ce dernier retrouva le rapport en question.

— Prenez-le, vous le relirez en chemin. Je vous convie à une petite sortie...

Le lieutenant se demanda si son chef était vraiment sérieux.

— Ne me dites pas que c'est vous qui allez conduire jusqu'à Bois-Guillaume !

— Cela vous contrarie-t-il ?

Sanglard grimaça.

— Avez-vous pensé à vos crises d'angoisse ?

— Si cela devait se produire, je vous laisserais le volant. Au pire, on s'enroulera autour d'un platane...

Le lieutenant sourit malgré lui.

— Et mon gosse, patron, vous y avez songé ?

— Povert le fixa avec une attention redoublée.

— Je vois qu'on progresse, lieutenant, même à grands pas... Mais avant que nous partions, je souhaiterais que vous téléphoniez à l'adjudant Thierry.

— Pour lui dire quoi ? Pour qu'il me rie au nez avec une condescendance insupportable ?

— L'humiliation a parfois du bon, lieutenant, même s'il ne faut pas en abuser. Je voudrais juste connaître l'heure exacte de l'excès de vitesse de Simon Cornillet.

— Et s'il m'envoie bouler ?

— Cela m'étonnerait beaucoup, Sanglard. Un militaire ne réfléchit pas, il exécute. Dans le cas qui nous préoccupe, il a reçu l'ordre de coopérer. Alors pourquoi nous refuserait-il ce renseignement ? Courbons juste l'échine devant sa morgue... sans perdre de vue que l'avantage affiché aujourd'hui ne sera peut-être pas aussi déterminant à l'heure des bilans.

— Vous pensez à quelque chose de précis ?

— Une intuition, Sanglard... juste une intuition...

Le lieutenant attendit en vain une explication.

Povert se leva sans autre commentaire, visiblement pressé.

— ... Je vous attends dans cinq minutes sur le parking !

Sanglard empoigna le combiné et composa le numéro de la brigade de Fontaine-le-Dun, en ravalant par avance toute forme d'amour-propre.

35

Gantier poussa la porte de son bureau et le sourire béat affiché depuis son réveil disparut en une fraction de seconde.

— Mais vous vous croyez où ? lança-t-il vertement à l'adresse de la stagiaire installée dans son fauteuil.

Une Céline concentrée dans la lecture des derniers rapports liés aux perquisitions de la veille.

— Tout doux, lieutenant ! répliqua la jeune femme, nullement impressionnée par l'entrée fracassante de son tuteur. Il faudrait peut-être savoir ce que vous voulez. Hier, je ne m'investissais pas assez dans mon travail. Aujourd'hui, j'en fais trop...

Le souvenir agréable de Betty s'effaça d'un coup et un accès de colère ébranla le colosse.

— Debout ! Et foutez-moi le camp de ce bureau !

— Pour aller où ? minauda la belle avec une œillade à rendre chèvre le premier bouquetin venu.

— En enfer ! gueula-t-il, hors de lui.

— Pas question ! s'insurgea Céline. On m'a obligée à bosser avec vous. Je reste !

— À ce petit jeu-là, vous allez finir par récurer les chiottes !

— Goujat ! Malotru !

La stagiaire ne lâchait rien et répliquait, à chaque attaque du lieutenant, avec une pugnacité exaspérante.

L'altercation aurait pu se prolonger, si Hunkeler ne s'était invité avec sa tête des mauvais jours.

— Gantier, que se passe-t-il ? demanda-t-il sur un ton neutre, n'engageant rien de bon.

— Elle squatte mon bureau...

— Elle ? Cette personne n'a-t-elle pas un nom ?

— Si vous préférez, Mlle Cauchy squatte mon bureau, commandant.

— Vous n'allez pas me faire croire que c'est la seule raison de votre courroux, lieutenant ? Je vous entends brailler de l'autre bout du couloir. On ne vous a jamais appris la modération ? Le respect ? Le recueillement ? Je vous rappelle qu'un de vos collègues vient d'être assassiné. La moindre des choses serait de la jouer profil bas. À ce propos, où en êtes-vous de vos recherches ?

— On avance, on avance...

— Mais encore ? Avez-vous un signalement de l'agresseur ? Des témoignages ? Une piste ?

La colère de Gantier chuta brutalement, entraînant à sa suite ses derniers neurones encore sous extase.

— On s'y emploie, patron...

— En arrivant à plus de 10 heures dans le service ! Mais à quoi jouez-vous Gantier ? Ce sont vos oreillons qui vous travaillent encore ?

Le colosse baissa la tête, honteux comme un interne pris en train de faire le mur.

— J'ai eu une panne d'oreiller, invoqua ce dernier pour sa défense.

— Et moi je suis le prince consort ! Vous vous foutez de moi, lieutenant ! Qu'en penserait le contribuable ?

L'officier plongea un peu plus, le regard désespérément accroché à des vernis qui n'avaient pas vu de cirage depuis une éternité.

— ... Pour l'heure, vous allez présenter vos excuses à Mlle Cauchy et vous passerez me voir à la fin de votre service.

Gantier maugréa une bouillie informelle. Sur quoi, le commandant tourna les talons.

Céline était aux anges. Son partenaire affichait une mine renfrognée à faire passer Freddy pour un inoffensif psychopathe.

— Vous me rendez mon fauteuil ou je m'en commande un autre ?

— Soyez patient, lieutenant. Une dernière vérification et je vous laisse la place... surtout que vous allez être surpris.

— Venant de vous, je n'en attendais pas moins !

La jeune femme tapota le clavier de l'ordinateur et, en quelques clics, parvint au document qu'elle cherchait, la copie des appels reçus par Madeleine Riboux, le jour du meurtre.

— Sur les dix-neuf appels recensés ce matin-là, Kamel Dridi s'est surtout attaché aux trois numéros les plus utilisés, à savoir, ceux de Jacques Merlandot, Richard Kowakiewski et Clovis Bernier. Si je compte bien, cela fait un total de quatorze appels. Il en reste donc cinq qu'il n'a pas jugé utile de répertorier dont deux appels du même numéro entre 12 h 07 et 12 h 42.

— Et en quoi ceux-là seraient-ils plus intéressants que les autres ?

Céline accrocha effrontément le regard de Gantier.

— Parce que ces deux-là proviennent précisément du second appareil retrouvé hier chez Richard Kowakiewski…

Gantier persifla, goguenard :

— Et vous avez trouvé ça toute seule ?

— Deux heures à vous attendre, fallait bien que je m'occupe !

Le colosse s'attarda sur la jeune femme avec d'autres yeux. Il l'examina une bonne poignée de secondes, le temps pour lui de prendre date pour de futures représailles.

— … Qu'est-ce que vous pensez de mes conclusions, lieutenant ?

— Qu'en la matière, vous n'avez pas plus de cervelle qu'une oie blanche.

— Pourquoi donc ?

— De nos jours, il est très courant de posséder plusieurs portables. Cela permet d'éviter les pannes de batterie. On en utilise un pendant que l'autre recharge...

— Je savais que vous me diriez ça.

— Médium, avec ça ! ironisa Gantier, au bord de la congestion cérébrale.

Céline abandonna l'écran et s'alanguit dans le fauteuil, une petite lueur frondeuse dans le regard.

— Sauf que la carte SIM dudit numéro a été retrouvée planquée dans le talon d'une de ses chaussures de randonnée.

— Et alors, qu'est-ce que ça prouve ? tonna Gantier. Chacun est libre de ranger ses affaires où il l'entend.

— Vous en connaissez beaucoup d'individus qui planquent leur carte SIM dans leurs pompes ?

— Bah, autant que de chieuses cherchant à m'apprendre le boulot !

— Holà, holà ! s'insurgea Céline. Moi, je ne disais cela que pour vous être agréable. Si mes observations ne vous satisfont pas, je me tais...

Gantier fourmillait de pensées meurtrières.

— Et maintenant, comment procède-t-on ?

— C'est vous le boss, pas moi ! Mais je pourrais toutefois vous suggérer d'interroger l'oiseau en question...

Le lieutenant se dit qu'avec une telle partenaire, il n'était sûrement pas au bout de ses peines.

— Alors il va attendre que je boive mon café !

— Vous m'en ramenez un pendant que vous y êtes ? lui lança-t-elle en s'étirant telle une chatte en chaleur.

36

Jean Cornillet entraîna Povert et Sanglard jusqu'à son jardin d'hiver. Il s'agissait d'une véranda à trois pans qui ouvrait sur un rectangle de pelouse jonchée de feuilles mortes et à l'intérieur de laquelle croissaient quelques plantes tropicales, dans une chaleur humide et oppressante.

— Il m'arrive de venir jusqu'ici chercher l'inspiration, commenta l'écrivain en proposant à ses visiteurs de prendre place sur des sièges en rotin.

— Belle propriété, nota le capitaine peu habitué à évoluer dans tant d'espace.

— Le fruit d'une vie de labeur, même si je me passerais bien de ce jardin tropical qui me ruine en chauffage.

« Ah, ces nouveaux riches, jamais satisfaits ! » pensa Sanglard qui se contentait depuis dix ans d'un trente mètres carrés sans confort du côté de la place du Boulingrin, au grand dam de son épouse.

— Et il vous a fallu écrire combien de livres pour acquérir ce bien ?

— Une bonne cinquantaine... Cinquante-deux, très précisément. Le dernier en date s'intitulant *Le Diable et la Cornette.* Mais je pense l'avoir déjà évoqué avec votre collègue lors de sa visite. L'inspecteur Bouchadri, je crois.

— Le lieutenant Dridi, rectifia Sanglard.

— C'est ça. Mais il ne faut pas trop m'en vouloir, entre les gendarmes et vous, je m'y perds un peu.

— Ils vous ont recontacté depuis la venue du lieutenant Dridi ? s'enquit Povert, de plus en plus indisposé par la chaleur ambiante.

— Oui, deux ou trois fois.

— Qu'est-ce qu'ils voulaient ?

— Connaître avec exactitude mon emploi de temps de dimanche dernier et surtout me parler de Simon qui semble être très perturbé par tout ce qui lui arrive...

— Nous avons appris sa garde à vue, abonda Sanglard en consultant ses notes. Un sale contretemps. Au vu des derniers développements, il aurait menti sur l'horaire de son départ de Louvetot, couvert en cela par le témoignage de sa petite amie, l'ex de Damien.

— Vous m'en voyez très surpris, messieurs. Je dois vous avouer que je ne connaissais pas ces infos. Vous me les apprenez...

Povert coupa court à d'autres questions.

— Pour de plus amples précisions, il faudra vous adresser à la gendarmerie.

— Ah bon, parce que vous ne marchez toujours pas main dans la main ? lança le père de Damien en mimant la pseudo-coopération avec ses index.

— On s'y emploie, monsieur Cornillet ! On s'y emploie, mais la période de rodage traîne en longueur… mais là n'est pas le véritable objet de notre visite. Connaissez-vous un dénommé Philippe Drasse ?

L'écrivain plissa les paupières dans un effort de concentration.

— En effet, ça me dit quelque chose. Attendez ! Je crois que Damien m'en avait parlé…

— Et vous savez qui est cet homme ?

Cornillet se gratta le lobe de l'oreille gauche avec une moue explicite.

— Si je l'ai su, j'ai oublié.

Sanglard releva la tête de ses notes.

À l'instar de son collègue, Povert marqua un temps d'arrêt. Un étonnement que le père de Damien ne sembla pas remarquer.

— Pourtant cet homme vous a coûté la bagatelle de 10 000 euros.

— Dix mille euros, vous dites ? s'exclama l'homme surpris. Je devrais m'en souvenir, pardi !

— Est-ce que vous pourriez remettre la main sur le talon de ce chèque ?

L'écrivain réfléchit quelques instants.

— Oui, je devrais. Rappelez-moi à quelle date, je suis censé l'avoir émis ?

— Mai ou juin.

— Pas de problème. Je dois pouvoir retrouver ça. Tous mes relevés bancaires sont archivés à l'étage. J'en ai pour deux minutes...

Jean Cornillet s'éclipsa et Povert en profita pour déverrouiller la baie coulissante.

Tel un torrent gonflé par la fonte d'un glacier, une bouffée d'air frais se coula dans la moiteur en suspension, revigorant les pistons à la peine sous le crâne du capitaine.

Au bruit des pas, celui-ci referma précipitamment la baie et se rassit perplexe.

L'écrivain portait un volumineux classeur qu'il déposa devant lui et qu'il se mit à compulser.

Après quelques manipulations, il retrouva le chéquier en question.

— Vous pouvez m'indiquer le numéro du chèque ?

Sanglard s'exécuta et l'écrivain ne tarda pas à dénicher la pièce recherchée.

— Désolé, messieurs, je n'ai rien marqué sur le talon. Je pense qu'il s'agit là d'un oubli de ma part. Ça m'arrive parfois. Tenez, vérifiez !

Il tendit le chéquier au capitaine qui l'étudia avec une attention toute particulière.

— Votre fils avait-il accès à ce carnet de chèques ?

— En théorie, non. Il avait son propre compte bancaire.

— Aurait-il pu alors vous emprunter un chèque ?

— Non. Ce n'était pas son genre de dépendre des autres.

— Autre hypothèse, monsieur Cornillet. Auriez-vous eu un différend avec votre fils qui pourrait expliquer la chose ?

L'écrivain resta coi.

— Si je suis votre raisonnement capitaine, vous êtes en train d'insinuer que mon fils aurait pu me délester de ce chèque en représailles de je ne sais quoi.

— Cela reste une hypothèse.

— Alors, c'était mal le connaître. Il ne se serait jamais abaissé à une telle manœuvre ! Au fait, à quoi devait servir cette somme ?

— À rémunérer Philippe Drasse. Un premier versement sur les trente mille que votre fils lui avait promis.

— Mazette ! s'enflamma l'écrivain. Qu'est-ce que cet homme lui a vendu pour ce prix-là ?

Povert faillit répondre « *son âme* », mais se ravisa en pensant à la noirceur du personnage. Et pour cette somme, il dut convenir qu'Oslo Kern s'était tout bonnement acheté un repos pour sa propre conscience.

— Un épisode de sa vie, répondit Povert.

— Mais il y a quelque chose que je ne m'explique pas, poursuivit Jean Cornillet. Pourquoi ce chèque n'a-t-il jamais été encaissé ? S'il l'avait été, je l'aurais pointé comme à chaque fois qu'une somme est débitée.

— L'homme éprouve peut-être des scrupules, se hasarda Sanglard entre deux prises de notes.

— En tout cas, je vous remercie de me prévenir, messieurs. Dès votre départ, j'irai faire opposition à ce chèque dont je ne suis en aucun cas l'émetteur.

— Donc c'est forcément Damien qui l'a rempli, poursuivit Povert accroché à son raisonnement. Il faudrait comparer les signatures. Notez, Sanglard !

Le lieutenant n'avait pas besoin qu'on le lui rappelle. En serviteur zélé, il mettait un point d'honneur à devancer les souhaits de son mentor.

Soudain, la sonnerie d'un téléphone retentit dans le lointain et insista.

Jean Cornillet finit par se lever.

— Excusez-moi, messieurs, je ne serai pas long…

L'écrivain sortit. Povert lui emboîta machinalement le pas et débuta une visite des lieux.

Le capitaine restait impressionné par ces demeures modernes aux volumes démesurés, construites à partir de blocs assemblés comme des Lego qui offraient de vastes pièces, mettant en valeur un mobilier contemporain en verre et acier. La lumière y tenait également une place prépondérante, aspirée et sculptée par de nombreuses ouvertures. Une demeure que Povert n'aurait pas aimé habiter. Car, au-delà des formes et des volumes, ce type d'habitation manquait singulièrement d'âme et de charme. L'ensemble lui paraissait informel et froid, voire narcissique, avec tous ces miroirs qui se renvoyaient les corps en mouvement.

Povert hésita. Devait-il rejoindre Sanglard ou poursuivre ses investigations ?

Le capitaine prêta l'oreille. À l'autre bout du couloir, la conversation s'envenimait sans qu'il puisse en saisir la raison.

Povert poussa une nouvelle porte, celle de la bibliothèque.

Le contraste le saisit. À l'opposé des autres pièces dont les murs étaient uniformément blancs, cette dernière dénotait avec sa tapisserie violine incrustée de rayonnages où des centaines d'ouvrages étaient classés par thèmes et par époques.

Le capitaine survola l'ensemble, constata qu'un mur entier était consacré aux seules œuvres de l'auteur pour qui l'Histoire semblait être un des thèmes d'inspiration favori. Il accrocha quelques volumes, les feuilleta avant de les remettre en place. Il s'arrêta un peu plus longuement sur « *Les Derniers Soleils* » *de Rouen*, un récit qui témoignait d'un « quart-monde » méconnu à la Belle Époque : des laissés-pour-compte, fange d'une société déjà peu encline à tendre la main aux plus démunis. Mais en rangeant l'ouvrage, Povert perçut une résistance, comme si un objet invisible faisait barrage. Intrigué, le flic tira de nouveau le livre à lui et glissa sa main dans l'interstice. Ses doigts se refermèrent sur quelque chose de rigide, un carnet petit format à la couverture épaisse et noire.

Povert retira l'élastique qui le maintenait fermé et l'examina. À chaque page correspondait une date sous laquelle des notes étaient retranscrites, des informations parcellaires notées dans un style télégraphiste où les noms propres mentionnés ne l'étaient que sous la forme d'initiales. Le carnet en question couvrait les années 1998 et 1999.

Par le plus grand des hasards, le capitaine venait de mettre la main sur un des mystérieux carnets évoqués par le lieutenant Dridi.

Mais Povert ne disposait que de peu de temps. En l'occurrence, deux perspectives s'offraient à lui : remettre le carnet en place ou le glisser dans sa poche.

La seconde option lui parut de fait la plus appropriée.

Le capitaine retournait à peine à l'examen des cinquante-deux livres d'Harel Chartres lorsque la porte s'ouvrit brutalement.

L'expression de Jean Cornillet s'adoucit en constatant que Povert s'intéressait à son dernier opus.

— Nous vous cherchions, capitaine ! lança-t-il, une pointe d'agacement dans la voix, le fidèle Sanglard sur les talons.

— Je pistais vos commodités lorsque je suis tombé par hasard sur cette bibliothèque, improvisa le capitaine. Et il va sans dire que vos ouvrages ont retenu toute mon attention...

Le compliment fit mouche et l'écrivain ne se fit pas prier pour détailler son œuvre.

Le capitaine écouta d'une oreille distraite les anecdotes liées à la genèse de ses premiers ouvrages, lorsqu'il dégoupilla la grenade qu'il avait gardée en réserve.

— Serait-il possible de consulter vos notes ?

Harel Chartres se crispa, soudain sur la défensive.

— Comment êtes-vous au courant de ça ? s'enquit-il d'un ton rogue.

— Vous aviez lâché la confidence au lieutenant Dridi.

— Sauf que ce sont des notes toutes personnelles et puis...

— Quoi ?

— Je ne suis pas sûr de posséder encore tous ces carnets. J'en ai égaré certains, détruit d'autres. Vous savez, on garde ça en pensant qu'on les relira un jour et puis lorsque l'occasion se présente, cela se révèle inintéressant au possible.

— Qu'importe, plaida Povert, vous nous confiez ceux qui vous restent. Peut-être trouverons-nous quelque chose à nous mettre sous la dent ?

— Je ne vois pas en quoi ils peuvent vous intéresser ! répliqua sèchement Jean Cornillet. Vous êtes censés chercher le meurtrier de mon fils, pas de traquer les connaissances de son père.

— Détrompez-vous monsieur. Les évidences sont parfois trompeuses. Un fait qui peut vous apparaître anodin peut se révéler, pour nous enquêteurs, d'un intérêt crucial. C'est ce qui fait tout le sel de notre métier.

— J'ai du mal à imaginer, bougonna l'écrivain. Et si je refuse de vous les fournir ?

— Nous les obtiendrons par d'autres voies ! lança Sanglard, tout sourire.

— Alors je vais voir ce que je peux vous trouver...

L'écrivain sorti, Povert glissa à l'oreille de son adjoint :

— Je vous parie mon billet qu'il va avoir des difficultés à nous en trouver un.

— Vous croyez ?

— Je le sens, Sanglard ! J'ai le flair pour ces choses-là, lâcha le capitaine, une main dans la poche.

37

Gantier pestait contre la stagiaire qui lui avait collé les nerfs en pelote dès son arrivée, contre cette enquête dont il ne connaissait pas grand-chose et qu'il fallait reprendre en urgence et contre les deux gardés à vue qu'il n'allait pas pouvoir conserver indéfiniment au frigo.

Il ronchonnait également contre Betty qui n'avait pas su le retenir.

Enfin elle, il ne lui en voulait pas !

Avec le recul, il s'étonnait que cette femme ait pu lui donner autant de plaisir sur une durée aussi longue. Cela avait commencé dans l'ascenseur, s'était poursuivi dans le salon, puis dans la chambre à coucher. Enfin, ils avaient remis ça dans la cuisine, au petit matin, entre deux tournées de café frais.

Betty avait tout d'une perle rare, imaginative au possible, séductrice et endurante. Une femme aux rondeurs envoûtantes et aux abîmes délicieusement parfumés.

Le lieutenant avait toutes les peines du monde à se concentrer sur sa tâche lorsque la stagiaire écorna pour la seconde fois son rêve soyeux.

— J'ai ce que vous cherchiez ! fanfaronna-t-elle, en apercevant Gantier en butte avec une liasse de procès-verbaux.

L'officier de police avait en effet décidé quelques vérifications avant de réinterroger les deux suspects.

— Dites toujours !

— Jacques Merlandot a déposé ses chèques à la poste de la place des Emmurés à 14 h 17. La bande-vidéo en atteste.

Gantier se concentra.

Considérant à juste titre la fiabilité de l'info, le lieutenant se demanda si l'homme avait pu commettre le meurtre de Madeleine Riboux avant, soit entre 14 heures et 14 h 16, ou après, entre 14 h 18 et 14 h 40.

— Comment s'y est-il rendu ?

— D'après sa femme, à pied, comme tous les jours. Il déteste prendre sa voiture pour des petits trajets. En plus, la marche est conseillée pour ses problèmes cardiaques.

— Reste qu'en trente-deux minutes, le meurtre reste possible.

— À pied, je ne vois pas bien comment. Je vous rappelle que Madeleine Riboux a été retrouvée à deux kilomètres à vol d'oiseau du *Chien vert*, à l'opposé de la poste où il se rendait.

Gantier renâcla.

— Ça vous amuse de me contredire à tout bout de champ ?

— Non, j'essaie de réfléchir !

— Alors, examinons la question sous un autre angle.

— Lequel ?

— Imaginons qu'au retour de sa course, Jacques Merlandot ait croisé la victime.

— Et alors ?

— Merlandot a le sang chaud. La vue de Madeleine lui rappelle les événements du matin. Il voit rouge, oblige cette dernière à grimper dans son véhicule pour une dernière virée. Et là, il la zigouille comme il avait menacé de le faire. Attendez que je retrouve la citation exacte : « *Que si elle repassait la porte, il lui ferait la peau !* »

Céline Cauchy secoua la tête, peu convaincue.

— Voyons lieutenant, elle se serait débattue ! Elle n'aurait jamais accepté d'être traînée dans ce hangar infâme ! Le légiste aurait forcément relevé des traces de coups et puis la voiture passée au crible n'a livré aucun indice authentifiant un kidnapping.

Gantier bougonna :

— Reste qu'il est rentré au bar terriblement secoué. *Dixit* sa femme qui ne l'avait jamais vu boire une bière au retour de sa balade.

— Un point pour vous lieutenant, mais je reste persuadée que Jacques n'est pas le coupable. Marguerite a confirmé que son mari était derrière son zinc aux alentours de 14 h 45.

— Donc, je maintiens qu'il peut être notre homme !

La stagiaire fixa Gantier d'un œil charbonneux.

— C'est de naissance ou vous le faites exprès ?

— Je n'aime pas les cyclothymiques dans votre genre, un jour, glandeuse, le lendemain, prête à renverser tous les obstacles sur son chemin. Vous espérez quoi maintenant que Kamel s'est fait refroidir ?

— Je vous emmerde, Gantier !

Céline serra les poings, au bord des larmes, et soutint le regard goguenard.

— Manquait plus que les insultes !

— C'est tout ce que m'inspirent les individus de votre espèce…

Nullement atteint par la pique, Gantier pressentit que le vent commençait à tourner en sa faveur.

— Et qu'est-ce que vous avez appris sur le camarade Ruben alias Kowakiewski ?

— Qu'il est bien allé ce jour-là à la salle de sport. Il y est arrivé à 13 h 03 très précises et en est reparti à 15 h 10.

— Donc il possède un alibi en béton !

— Trop, peut-être… car en visitant les lieux j'ai remarqué qu'une des sorties de secours donnait sur un parking derrière l'établissement. Il est entré, a pu débuter des séries d'abdos aux machines, avant de s'éclipser discrètement pour rejoindre Madeleine Riboux et la tuer, avant de revenir tout aussi discrètement finir ce qu'il avait commencé…

— Encore des suppositions ! s'exclama Gantier en écrasant son dernier chewing-gum sur le bureau. Un bon enquêteur présente des faits, pas des affabulations plus abracadabrantesques les unes que les autres. Quel motif aurait-il eu de tuer la pauvre Madeleine Riboux ? Réfléchissez jeune fille ! Depuis plusieurs années déjà, il l'aidait financièrement. Ses relevés de compte l'attestent. Alors, expliquez-moi pourquoi il aurait éliminé du jour au lendemain sa poule aux œufs d'or ?

Céline sortit un mouchoir et rattrapa une larme sur le point de s'échapper.

— Vous ne m'enlèverez pas de l'idée que c'est lui qui l'a tuée ! Et puis il y a ces deux coups de fil passés avec son second portable entre 12 h 07 et 12 h 42. C'est pour le moins curieux lorsque l'on sait qu'il a repris l'habituel pour un dernier appel à 13 h 27. Troublant n'est-ce pas ?

Gantier fourragea dans ses tiroirs.

— Il peut l'avoir prêté…

— À qui ? Selon les témoignages, l'homme vit en célibataire et ses seuls amis sont ses connaissances du *Chien vert*.

— À sa voisine, par exemple ! Vous avez vérifié ? Ruben avait toutes les caractéristiques du bon samaritain.

— Vous êtes pitoyable, Gantier !

Le lieutenant exhiba une nouvelle tablette de chewing-gum et s'en servit pour pointer la stagiaire.

— Alors, démontrez-moi que j'ai tort ! Comme je ne suis pas un mauvais bougre, je vous laisse l'intégralité du dossier. Et pour l'occasion, vous pouvez même squatter le bureau de Sorel, si ça vous chante. Ce n'est pas elle qui viendra vous chercher des poux sur la tête…

— Je vous prouverai que j'ai raison !

— Je n'en doute pas…

Céline Cauchy attrapa la pile de documents et sortit.

Gantier resta un instant accroché aux courbes parfaites de sa collègue, avant de goûter au bonheur d'être enfin seul.

38

Povert décryptait un des deux carnets en sa possession lorsque Sanglard surgit, un imprimé à la main.

— Vous avez réussi ? demanda le capitaine sans même relever la tête.

— Oui, mais à quel prix ! Pour une simple bibliographie, il a fallu que je passe par la secrétaire, puis par le directeur littéraire qui m'a tenu la jambe un bon bout de temps, pour finir avec l'éditeur en personne à qui j'ai dû raconter un boniment pour qu'il consente à me l'envoyer par fax.

— Montrez-moi cette liste, lieutenant.

Sanglard glissa l'imprimé à son supérieur et s'assit.

— ... Pendant que j'en prends connaissance, intéressez-vous aux carnets remis par Cornillet et dites-moi ce que vous en pensez...

Povert passa le carnet qu'il étudiait à son adjoint. Celui-ci couvrait les années 2007 et 2008.

— À première vue, notre écrivain a l'air d'être un chaud lapin. À chaque nouvelle conquête, il ne peut s'empêcher de relater ses exploits. Écoutez un peu celui-là, patron, en date du 14 mai 2008 : « O. *a tout d'un mec. Pas de seins. Mais un joli cul. Aime mon travail ce qui la sauve. Me saute au cou alors que je la reconduis à la gare. Baisons rue Verte. A des dispositions pour le corps à corps.* » Et cet autre, deux semaines plus tard : « *C., bourgeoise délurée. M'a rencontré lors d'une séance de dédicaces. Est venue chez moi. Tempérament volcanique. Pratiques peu orthodoxes. Charmant souvenir.* » Ou encore ce dernier du 23 juin : « *A, fille de L. Innocente malgré ses dix-huit printemps. M'a laissé caresser ses seins en poire. Sensation aphrodisiaque…* »

— Laissez tomber Sanglard et concentrez-vous sur l'aspect de ce carnet.

— Me concentrer ! Me concentrer ! Vous êtes rigolo, patron…

— L'aspect, Sanglard !

Le lieutenant retourna le carnet, l'inspecta avec minutie, tourna les pages qu'il n'avait pas encore eu le temps de parcourir et scruta la tranche.

— Je ne vois pas, patron.

— Ça ne fait rien ! Oublions ce que je vous ai demandé et suivez mon raisonnement. Comme je l'avais prédit, notre homme n'était pas chaud pour nous confier ses notes. Il s'est donc contenté du minimum en nous livrant ce carnet que vous tenez dans vos mains, sans imaginer que nous en avions subtilisé un second. Fort de ces éléments, j'ai pu me livrer à une comparaison de ces deux exemplaires. Après examen, je peux en conclure que notre homme est un mégalo ou un grand séducteur, sans grande conséquence toutefois, pour la suite de mon exposé...

Sanglard ne voyait nullement où Povert voulait en venir.

— ... Si je sais toujours compter, il apparaît que Jean Cornillet, alias Harel Chartres, sort en moyenne un titre et demi par an. Au mois de novembre 1997 est paru le tome 1 de *Thor, le dernier viking amoureux*. En avril 1998, sa suite. Puis en décembre sort *Vie dans nos campagnes au XVIIIème siècle*. Dix ans plus tard, je découvre que *Prince de Beaumesnil* paraît en mai 2007. En janvier 2008, c'est au tour de *Blanc-Pain, dernier berger du pays de Caux* et, en juillet, *Les Mystères de l'abbatiale*. Une fréquence de sorties qui impressionne. Notre homme est sans conteste un stakhanoviste de la plume. Mais le plus étrange se trouve ailleurs. Dans le carnet que j'ai subtilisé, outre les frasques du bonhomme et quelques comptes-rendus de soirées bien arrosées, j'ai mis le doigt sur des propos plus intrigants. Juillet 1997 : « *À D.G. remis la somme de 6 000. A tenté de renégocier.* » En janvier 1998 : « *6 000 à D.G. Discussions âpres.* » Pour voir en août de la même année : « *6 000 à D.G. A menacé de me planter.* »

— Étrange, en effet ! en convint Sanglard dont le dos recommençait à le faire souffrir.

— D'autant plus, reprit Povert, que je pensais retrouver ce type d'informations dans le carnet donné à contrecœur. Et là, rien...

— Rien ? Plus aucune indication de cet ordre ?

— Non... Enfin...

— S'il vous plaît, arrêtez de me faire languir ! s'emporta le lieutenant, énervé par le jeu du capitaine.

Povert fixa son adjoint avec la même attention qu'un caméléon son déjeuner.

— Patience, lieutenant... Je vous disais donc que j'espérais retrouver ce genre d'indications, mais à ma grande surprise, je suis resté sur ma faim...

Sanglard pataugeait.

— Ça ne vous dérangerait pas d'être plus explicite !

— Jean Cornillet les a fait disparaître.

— Comment ?

— En arrachant les pages compromettantes, mais mon œil exercé a relevé quelques infimes fragments de papier accrochés au fil qui maintenait les feuillets. Souvenez-vous Sanglard, lorsque Cornillet nous a laissés dans sa bibliothèque, il paraissait ennuyé. Je le comprends. Il ne pouvait pas revenir les mains vides et a dû composer dans l'urgence, à savoir, arracher les pages qu'il ne voulait pas qu'on trouve.

— C'était prendre un risque.

— Pas de son point de vue, Sanglard. À ses yeux, nous passons pour des charlots. Il y avait donc une forte probabilité pour qu'on ne remarque rien.

Le lieutenant se gratta le menton, dubitatif.

— Mais cela n'implique pas forcément un lien avec ce que vous avez trouvé.

— Exact, lieutenant. Mais rendez-moi le carnet…

L'adjoint tendit l'objet à son supérieur qui, en quelques mouvements d'index, retrouva les annotations du mois de janvier 2007.

— J'ai remarqué qu'il manquait quatre jours dans le mois. Les 11, 12, 21 et 22 janvier. Pourquoi ? Alors que notre homme consigne quotidiennement ses états d'âme. Cela m'a forcément intrigué. D'autant plus que j'ai relevé d'autres absences significatives en septembre 2007 et en mars 2008.

— Bon et alors ? Qu'est-ce qu'on peut en déduire ?

Povert adopta un air matois :

— Nous allons vite le savoir.

Le lieutenant grimaça, toujours aussi perdu.

Le capitaine attrapa un crayon, griffonna les pages des 10, 13, 20 et 23 janvier et observa le résultat.

— … C'est bien ce que je pensais, lâcha-t-il en repassant le carnet à son adjoint. Dites-moi ce que vous lisez à la page du 20.

Le graphite avait fait ressortir une trentaine de signes.

— Je déchiffre : « *D.G. 1 100. Ar..ments non re......es. R.V. à ....uf* ».

— Mon intuition était la bonne. Jean Cornillet ne tenait pas à nous mettre sur la piste de ce D.G. Reste à savoir pourquoi.

Le lieutenant écarta les bras à la recherche d'une meilleure posture.

— Bon, si je résume, nous sommes en présence de quelqu'un qui pourrait racketter notre auteur à chaque nouvelle parution.

— Sanglard, vous donnez là une explication sans tenir compte du contexte. Notre homme est écrivain, mais il peut aussi cultiver quelques lacunes en orthographe ou en syntaxe grammaticale. Selon moi, il utilise les compétences d'un correcteur.

Sanglard s'agita.

— Puis-je opposer un argument ?

— Faites, lieutenant.

— Je croyais que les maisons d'édition possédaient leurs propres correcteurs. Pourquoi Cornillet paierait-il ce D.G., alors qu'il peut bénéficier du même service gratuit au sein des éditions Focart ?

Le capitaine sentit une lassitude le gagner.

— Cela reste à vérifier. Mais je crois que le plus simple est encore de mettre la main sur ce D.G. et de lui poser la question.

— Et comment fait-on pour le trouver ?

— On fait jouer nos neurones, lieutenant...

Povert se leva, un poids invisible sur les épaules.

En regardant son chef se déplier avec difficultés, Sanglard eut la désagréable impression que les flics vieillissaient plutôt mal.

39

La stagiaire n'en démordait pas. La solution devait se trouver quelque part sous ses yeux, dans les rapports et les procès-verbaux qui couvraient le bureau de Sorel. Elle se le répétait, tapant du poing de rage à chaque fois qu'une piste la menait nulle part.

Obstinée, la jeune femme reprit les dossiers et repartit pour une énième lecture.

Céline était d'autant plus motivée pour s'investir dans cette tâche qu'elle avait un compte à régler avec Gantier. Et la perspective de clouer le bec à ce pachyderme hautement misogyne lui donnait des ailes. Elle voyait même dans l'exercice une forme de thérapie, une manière d'effacer le souvenir de Kamel. En effet, elle souhaitait tourner la page et oublier cet homme sur le compte duquel elle s'était trompée, car elle ne supportait pas l'échec et encore moins de voir sa libido contrariée.

Sur le coup de midi, elle perçut une agitation de l'autre côté de la cloison et supposa que Gantier prenait sa pause déjeuner.

Elle lui laissa une bonne avance et partit à son tour en quête d'un coupe-faim et d'un café aux distributeurs du couloir. À son retour, elle fit un détour par le bureau de son collègue, fouilla ses tiroirs et mit à jour sa planque où il remisait ses chewing-gums, qu'elle vida après avoir découvert qu'il lui avait volontairement soustrait quelques pièces importantes du dossier. Elle le maudit pour cet acte déloyal et se vengea à sa manière en balançant les tablettes par la fenêtre, dérangeant pour l'occasion un couple de pigeons qui observait bien sagement l'animation de la rue.

La jeune femme prit le temps de se sustenter avant de reprendre plus calmement ses investigations.

Et ce qu'elle n'espérait plus lui sauta aux yeux.

En disséquant la déposition de Clovis Bernier, elle eut l'idée de vérifier le numéro de téléphone du dénommé Co avec ceux des autres protagonistes de l'affaire. Et là, après vérification, le numéro de ce mystérieux correspondant s'avéra être aussi celui de Kowakiewski. Co/Kowakiewski, deux identités pour une seule et même personne. Un détail qui avait jusque-là échappé à toutes les expertises et réclamait certains éclaircissements.

Étourdie par sa découverte, elle prit une feuille et chercha à clarifier sa pensée. Puis elle conclut son topo par trois questions :

- *Primo : Madeleine Riboux avait-elle découvert que Ruben et Co étaient une seule et même personne ?*

- *Secundo : Quelle était la teneur des deux appels de Co à l'heure du déjeuner ?*

- *Tertio : Quelle raison poussait Ruben à prêter de l'argent à Clovis Bernier par deux canaux distincts ?*

Elle relut le tout, corrigea quelques fautes d'orthographe et attendit, sereine, le retour de Gantier.

Lorsque ce dernier apparut, repu après un déjeuner copieux, elle l'accueillit, telle une nonne mutique.

— Alors, le boulot a avancé ? lança-t-il, plus sarcastique que jamais.

— Au-delà de mes espérances, lieutenant. J'ai d'ailleurs tout consigné par écrit. Il y a de fortes chances pour que Ruben soit le coupable et, si j'étais vous, je m'intéresserais d'un peu plus près au dénommé Clovis Bernier. Pour le reste, je vous souhaite bon interrogatoire, car l'après-midi risque d'être longue...

Gantier jeta un œil incrédule au rapport et chercha une parade pour retenir sa collègue qui s'éloignait déjà.

— Mais où allez-vous ? s'inquiéta-t-il.

— Faire les magasins, lieutenant. Mais rassurez-vous, je repasserai avant votre départ pour recueillir vos conclusions...

40

Sanglard se traînait au cul d'un camion dans la descente des Essarts.

Lorsque Povert émergea de son songe éveillé, les souvenirs lui revinrent par salves, des impressions jaunies à la nicotine du temps, comme peuvent l'être les photos sépia.

Des émotions d'un autre siècle.

Tout minot, son père l'emmenait voir les bolides en découdre sur le circuit. À l'époque, il connaissait le nom de tous les virages. Aujourd'hui, il les avait oubliés, à l'exception d'un seul, celui du Nouveau Monde, le plus spectaculaire et le plus sournois pour les hommes comme pour les machines. C'est pour cette raison que les aficionados s'y regroupaient, ponctuant chacun des passages de clameurs frénétiques, quand ce n'était pas d'effroi lorsqu'un pilote perdait le contrôle de son véhicule et partait en tonneaux.

Ils dépassèrent le panneau Orival et le capitaine ressentit la première alerte. Cette première bouffée d'angoisse qui en annonçait d'autres. Ces morsures qu'une meute tapie en lui s'ingéniait à rendre insupportables.

— Povert descendit la vitre. Sa respiration se fit plus lente, plus profonde, à la recherche d'une parade contre la douleur.

— Est-ce que ça va, capitaine ? s'inquiéta Sanglard.

— Ouais, comme un mort en sursis.

— Voulez-vous qu'on aille consulter un médecin ?

— Et pourquoi pas un curé pendant que vous y êtes !

Le lieutenant sourit en se concentrant sur sa conduite rendue pénible par une succession de travaux sur la chaussée. Mais les deux hommes touchaient au but. Avec l'aide de Marie Cornillet, ils avaient réussi à identifier le mystérieux D.G., un certain Daniel Grondin, notoirement connu pour ses activités de correcteur et d'éditeur. Un personnage secret qui habitait au centre d'Elbeuf, à deux pas de la rue des Martyrs.

Sanglard gara leur véhicule et coupa le moteur.

— On se la joue comment, patron ?

— Comme d'habitude, Sanglard. Pourquoi changer une méthode éprouvée, alors que...

Le capitaine s'interrompit brutalement au milieu de sa phrase et porta la main à son cou. Il étouffait.

Il fit sauter le bouton du col de sa chemise et s'accrocha à la première pensée qui lui traversa l'esprit : « *Lorsque tes forces t'abandonnent, ne cherchent pas à les retenir...* » Une expression qu'il répéta, sans avoir conscience de l'étrange tempo de ses membres.

La charge violente endiguée, le mal commença à refluer, imperceptiblement tout d'abord, puis par paliers successifs, jusqu'à le laisser exsangue, à bout de force.

— … Il faudrait que je marche, déclara-t-il en se parlant à lui-même.

— Voulez-vous que je vous accompagne ? se proposa Sanglard.

— Non merci, lieutenant, il faut que j'arrive à gérer ça tout seul.

L'homme n'insista pas.

Povert s'extirpa avec difficultés de l'habitacle et marcha quelques mètres, avant de s'arrêter, un bras en appui sur une porte de garage, le temps pour lui de recouvrer ses esprits. Puis il poursuivit son chemin jusqu'à un salon de coiffure, où là, il amorça un demi-tour pour revenir d'un pas plus assuré.

Le lieutenant le rejoignit.

— Ça va ?

— On va faire aller, lieutenant. Maintenant, à vous de jouer, décréta le capitaine en désignant l'interphone.

Sanglard s'exécuta, tout en gardant un œil sur son compagnon au visage décomposé.

D.G. débloqua la porte et les deux flics s'engagèrent dans un escalier étroit. Sur le palier, Grondin les accueillit d'une poigne ferme.

L'homme ne mesurait pas plus d'un mètre soixante-quinze. Son âge paraissait plus difficile à évaluer, sans doute à cause d'un visage frais et d'une tignasse très noire. Mais Sanglard pencha pour la cinquantaine.

— Que me vaut l'honneur de votre visite, messieurs ?

— Nous enquêtons sur la mort d'Oslo Kern et à ce titre nous voulions vous poser quelques questions.

— Alors entrez, nous serons plus à l'aise à l'intérieur pour discuter…

L'appartement était minuscule et Grondin eut toutes les peines du monde à mettre la main sur trois chaises.

— … Vous excuserez le désordre, mais cette pièce me sert uniquement de bureau.

En effet, le lieu ne ressemblait en rien à l'image classique d'une salle à manger. Au milieu de la table trônaient une relieuse et un ordinateur connecté à deux imprimantes. Contre un des murs, deux photocopieuses de type professionnel remplaçaient l'habituel vaisselier et, sur les autres murs, exception faite de la fenêtre donnant sur la rue, des dizaines de livres masquaient un papier défraîchi par les années.

— Quelle est la nature de votre activité ? s'enquit le lieutenant en préambule.

— Lorsque je me suis lancé, j'ai tâté de l'édition mais je me suis assez vite retrouvé confronté aux problèmes de la distribution. J'ai sorti trois livres sous mes propres couleurs, *Les Éditions de la scène*, mais j'ai vite déchanté. Ne pouvant assurer seul la distribution de mes ouvrages, je me suis alors tourné vers un autre créneau qui me semblait plus porteur :

la correction et la mise en forme de manuscrits. Au départ, je dois le reconnaître, ce fut difficile. J'ai travaillé au coup par coup pour quelques copains, puis le bouche-à-oreille aidant, mon activité s'est développée. Aujourd'hui, je vis de mon travail, conclut l'homme en désignant une pile de tapuscrits en attente.

Le capitaine s'immisça dans la conversation :

— Qu'est-ce qu'il y a dans les bocaux derrière vous ?

L'homme se retourna et considéra ce que Povert lui désignait avec insistance.

— Mes parents ont longtemps tenu une petite épicerie de campagne. Ils garnissaient de friandises ces bocaux en verre. Mais interdiction pour moi de m'en approcher, sous peine de représailles. Un véritable supplice, lorsque j'y repense. Alors, quand ils ont vendu le commerce à leur retraite, je les ai récupérés...

— Et vous les avez remplis avec quoi ? s'enquit Povert qui ne voyait pas bien d'où il était placé.

— Ils constituent ma réserve d'écolier. Il y a là des trombones, des punaises, des gommes, des crayons et autres stylos, mes friandises actuelles.

— Avez-vous des attaches parisiennes ?

— Bien évidemment ! C'est même le logo de ma maison d'édition.

— On peut les voir ?

Grondin ne se fit pas prier pour ramener le bocal en question.

Povert souleva la cloche, plongea la main à l'intérieur et ramena une poignée d'attaches qu'il étala devant lui. Il s'étonna de leurs couleurs différentes. Outre les dorées, les plus courantes, il en recensa des métallisées, des noires et même des unités aux teintes pastel.

— Ça m'amuse de les collectionner, expliqua l'homme. À chaque fois que je découvre de nouveaux modèles, je ne peux m'empêcher de me les procurer.

Le capitaine écarta un exemplaire doré et remit les autres en place.

Sanglard prit le relais.

— Monsieur Grondin, connaissez-vous Oslo Kern ?

— Oui, tout à fait. Il est venu comme tant d'autres me demander de l'aide pour son manuscrit.

— Dans le cas présent, votre travail a consisté en quoi ?

— Si je me souviens bien, il n'y avait pas grand-chose à retravailler. J'ai dû corriger quelques fautes d'orthographe, supprimer des répétitions et refaire une mise en page plus conforme aux standards de l'édition, trois fois rien en réalité.

Le lieutenant se laissa distraire un court instant par Povert qui jouait avec l'attache parisienne.

— Maintenant, parlons chiffres. Combien lui a coûté ce petit lifting ?

— Les prix de mes prestations sont clairement affichés. En l'occurrence, il a réglé quelque chose comme 350 euros pour cinq manuscrits prêts à être expédiés aux éditeurs.

— Qu'est-ce que vous offrez pour 1 000 euros ou plus ? s'enquit le capitaine qui retrouvait peu à peu des couleurs.

— Pour ce prix-là, je vous décroche la lune ! Enfin, presque. Je peux vous écrire votre bouquin. Vous venez avec le synopsis de votre histoire, une dizaine de pages tout au plus et je vous ponds le reste.

— Vous avez des clients pour ce genre de demande ?

Daniel Grondin partit à rire.

— Plus que vous n'imaginez ! Des auteurs très connus font d'ailleurs appel à mes services. Mais là, c'est top secret !

— Dites-moi, des écrivains dans le top 10 des gros vendeurs ? chercha à savoir Sanglard.

— Un ou deux. Mais je ne vous dirai pas lesquels. S'ils apprennent que j'ai vendu la mèche, je suis mort.

Povert fit disparaître l'attache.

— Quels sont les délais pour ce genre de projet ?

Le correcteur marqua une pause.

— Il n'y a pas de règle absolue en la matière. Je dirais que l'écriture proprement dite peut me prendre entre cinq et vingt jours, tout dépend de l'intérêt du sujet et des attentes de l'auteur. Mon record dans le domaine doit être d'un peu moins de quatre jours, en travaillant sans interruption jour et nuit. À cela, vous rajoutez deux à trois jours pour les corrections, la mise en forme et le tirage final.

— Pire qu'un boulot à l'usine ! Combien en faites-vous par mois ?

— Pas plus de deux. J'alterne avec des corrections. Sinon, je deviendrais dingue. Et puis toutes les six semaines, je m'octroie une semaine de repos au bord de la mer, une bonne façon de décompresser.

Povert laissa son regard errer dans la pièce et réalisa qu'il n'avait pas encore abordé le sujet pour lequel son collègue et lui étaient là.

— N'est-ce pas frustrant de vivre dans l'ombre d'un auteur à succès ?

Son interlocuteur se fit soudain plus sombre.

— Je me suis souvent posé la question, capitaine. Plus jeune, je vous aurais répondu par l'affirmative. Aujourd'hui, j'ai pris beaucoup plus de recul par rapport à mon job et je me satisfais pleinement de mon statut de travailleur de l'ombre. Vous n'imaginez pas le plaisir que j'éprouve lorsqu'un de mes auteurs parle de son œuvre dans les médias. Il y a parfois de quoi se marrer.

— Justement, parlez-nous de vos relations avec les auteurs. Comment pourrait-on les qualifier ?

— De bonnes, en général. Mais vous n'empêcherez pas quelques grincheux de revenir vous faire la leçon quand les tirages ne sont pas à la hauteur de leurs espérances. Dans ces cas-là, je leur montre la porte. Ils s'en vont contrariés mais finissent par revenir me voir six mois ou un an après...

— C'est ce type de relations que vous entretenez avec Harel Chartres ?

Pour la première fois, Daniel Grondin parut plus hésitant.

— Comment savez-vous ça ?

— Par hasard. Jean Cornillet a la mauvaise habitude de tout noter. C'est en mettant la main sur un de ses carnets que l'on a découvert votre existence et le fait que vous soyez depuis des années son nègre attitré.

— Ouais. Enfin, c'est lui qui insiste pour qu'on perpétue cette collaboration. Je lui ai écrit ses derniers romans, des livres qui ont connu plus ou moins de succès.

— Comment l'avez-vous rencontré ?

— Dans un salon littéraire. Je crois bien que c'était à Maromme. Il s'est intéressé à mes activités et nous avons pris rendez-vous. Il est venu chez moi et nous avons fait affaire. Notre première collaboration, *La Tête et le Dragon*, a été pour le coup une réussite. Mais l'homme est versatile, un jour, respectueux du travail fourni et, le lendemain, odieux, voire tyrannique.

Sanglard s'arrêta dans sa prise de notes.

— Vous pouvez développer, s'il vous plaît.

— Un souvenir me revient qui va illustrer mon propos. Un jour, il débarque avec une pile de documents. Il veut que je lui rédige un roman sur les origines modernes du Havre. Nous sommes à l'époque de François Ier. Le monarque veut fonder un grand port à l'embouchure de la Seine. Marie Saletemps est l'héroïne de son roman, une intrigante assoiffée d'ambition, prête à tout pour parvenir au plus haut sommet de la bourgeoisie locale. Je ne vous cacherai pas que le projet ne m'emballe guère. Nous discutons un long moment avant de parvenir enfin à un accord. Il me promet une trame plus étoffée qu'il me fait parvenir deux jours plus tard. En une dizaine de jours, je lui écris *Le Havre de Marie* qu'il me retourne dans la foulée avec ces mots : « *Quelle est cette merde ?* »

— Comment avez-vous réagi ?

— J'avais alors deux options : mettre un terme à notre collaboration ou me soumettre à ses exigences.

— Alors, qu'est-ce que vous avez fait ?

— J'ai cédé, car si odieux que soit le personnage, il parvient toujours à ses fins. J'ai donc réécrit l'histoire.

Povert se leva et alla se coller à la fenêtre. Derrière le rideau, dans sa ligne de mire, il visualisa une ancienne filature reconvertie en logements sociaux, un ensemble de briques et de grandes ouvertures qui témoignait d'une grandeur passée. Après quelques instants de flottement, il regagna sa place et considéra plus attentivement Grondin. L'homme lui faisait malgré tout bonne impression.

— Avez-vous eu un différend avec son fils ?

— Pourquoi ? Damien n'avait pas le caractère de son père. Il savait ce qu'il voulait et comment y parvenir. C'était donc assez facile de travailler avec lui.

— Et qu'est-ce que vous avez pensé de sa mort ?

— Pour être totalement franc avec vous, capitaine, j'ai éprouvé de la peine. Le gamin avait du talent et je le voyais casser la baraque dans les années à venir.

Le capitaine se sentait terriblement las. Dans sa tête, les pensées des derniers jours se télescopaient. Le profil du meurtrier d'Oslo Kern restait encore bien flou, de quoi envisager une sortie peu glorieuse s'il ne parvenait à boucler l'affaire. Une éventualité qui plombait sérieusement son moral.

— Qu'est-ce que vous avez fait monsieur Grondin dans la nuit de dimanche à lundi ? revint à la charge le lieutenant.

— Ce que fait tout écrivain, lieutenant, à savoir trouver le meilleur compromis entre travail et repos.

— Êtes-vous sorti ce soir-là ?

— Pour quoi faire ? Il y a peu de distractions à Elbeuf et j'ai suffisamment de travail en attente pour ne pas me sentir seul. Regardez ! Je croule sous les manuscrits, fit-il en remontrant la pile à côté de son ordinateur. Et surtout n'allez pas croire que tous mes commanditaires soient des gens particulièrement patients...

Povert ressortit l'attache parisienne de sa poche et la contempla longuement.

— Monsieur Grondin, cet objet me pose problème. Nous le retrouvons en trois circonstances dans l'affaire qui nous préoccupe, un petit accessoire que vous collectionnez et qui orne la couverture de vos livres. Alors dites-moi, qui vous en veut au point de vous faire endosser le meurtre d'Oslo Kern ?

Daniel Grondin accusa le choc.

— Vous croyez qu'on cherche à me nuire ?

— Si ce n'est pas le cas, ça y ressemble !

— Mais pour quelles raisons aurais-je tué Oslo Kern ?

— Pour l'argent, insinua le lieutenant. Les chiffres de vente du *Rouge et le Cambouis* vous ont fait tourner la tête. Malgré ce que vous nous avez affirmé, c'est peut-être vous qui avez écrit cet ouvrage, alors 1 000 euros en comparaison du jackpot annoncé, ça vous a mis dans tous vos états. Vous lui fixez un rendez-vous et là, la discussion tourne court...

— Arrêtez votre délire ! Je n'ai pas écrit ce livre et je persiste à croire que Damien avait du talent.

Les propos de Sanglard avaient malgré tout ébranlé l'homme. Grondin resta prostré quelques instants avant de se lever précipitamment et de filer à la cuisine. Les deux flics entendirent des portes de placard claquer avant de le voir réapparaître, une bouteille de calva et trois verres à la main.

— ... Je crois qu'un petit remontant s'impose ! lança-t-il, d'un air faussement enjoué.

Sanglard déclina l'offre tandis que Povert l'acceptait en pensant que c'était peut-être là le remède à ses angoisses.

Les verres emplis, Grondin descendit le sien « cul sec » alors que le capitaine prit tout son temps pour apprécier les subtilités du breuvage.

— Excellent ! nota le capitaine qui s'y connaissait en alcool. Votre production ?

— Un cadeau d'Oslo Kern. Son grand-père est agriculteur à Heurtauville. Il distille encore un peu pour le plaisir...

Sans le savoir, Grondin venait de livrer une clé de l'énigme.

Povert vida son verre et donna le signal du départ, à la grande surprise de Sanglard qui n'en avait pas fini avec ses questions.

— Capitaine ! Vous êtes vraiment sûr de vouloir partir ? chercha-t-il à résister.

— Sanglard, sachez qu'on ne fait pas attendre une vache quand c'est l'heure de la traite !

Éberlué, le lieutenant se demanda quelle mouche venait de piquer Povert.

41

Lorsque Céline Cauchy rentra de sa pause, Gantier interrogeait toujours Richard Kowakiewski. Cela faisait maintenant presque deux heures que l'interrogatoire durait et le lieutenant commençait à accuser la fatigue.

Céline vint s'asseoir à ses côtés et lui glissa une feuille sous le nez.

— C'est quoi ? demanda-t-il d'un ton bourru.

— Une belle histoire, lui susurra-t-elle au creux de l'oreille. Vous la lui racontez et on va voir sa réaction.

Le lieutenant lut le texte, observa en coin Ruben qui semblait obnubilé par la plastique de la stagiaire et se lança sous l'œil de la webcam qui enregistrait l'entretien :

— Monsieur Kowakiewski, n'ayant jusqu'ici obtenu aucune réponse à mes questions, je vais donc procéder différemment. Grâce aux témoignages recueillis, nous pouvons reconstituer votre emploi du temps de lundi dernier.

— Ça serait étonnant ! rétorqua Ruben. Moi-même, j'en suis bien incapable.

— Soit, je vais donc m'y atteler. Ce lundi-là, Madeleine Riboux vous contacte et vous sollicite pour un nouveau prêt de 5 000 euros. Elle vous supplie, mais vous restez inflexible. Acculée, elle tente une démarche auprès de Jacques Merlandot sans plus de succès et puis elle se souvient que vous lui avez fourni les coordonnées d'un certain Co. Le numéro de la dernière chance en quelque sorte. Elle tombe sur sa messagerie. Vous la rappelez et vous la laissez mariner. Puis vous remettez ça en lui fixant une heure et un lieu de rendez-vous. Ce qu'elle ne sait pas c'est que Co et Kowakiewski ne font qu'un. Pour rendre la chose encore plus crédible, vous la rappelez en tant que Ruben et vous lui laissez un message sur sa boîte vocale. À 13 heures, vous vous rendez à votre salle de musculation où des gens peuvent témoigner vous avoir vu, mais ce n'est qu'un leurre, car vous vous échappez par l'issue de secours et vous retournez rue Pierre Chirol. D'après nos calculs, il est alors aux alentours de 13 h 30. Vous la guettez au bas de chez elle. Même qu'elle doit être toute surprise de vous trouver là. Mais quelque part, votre présence la rassure. Tout naturellement, vous lui proposez de la conduire à son rendez-vous. C'est pour cela que le légiste n'a retrouvé aucune trace de lutte. Elle se sent en confiance, trop assurément. Un moment d'inattention et vous l'étranglez. Puis vous maquillez votre forfait et la délestez de son portable, avant de retourner tranquillement à vos exercices de musculation. Reste à trouver le mobile, mais là je crois que vous allez pouvoir nous éclairer.

Jusque-là silencieux, Ruben ricana :

— C'est de la science-fiction votre truc ! Vous n'avez aucune preuve de ce que vous avancez. Je maintiens que c'est vous qui m'avez collé cette puce dans mes chaussures pour me faire plonger...

Céline se pencha de nouveau à l'oreille du lieutenant :

— Maintenant, montrez-lui ces deux clichés. Il risque de déchanter.

Gantier étudia les deux documents avant de les présenter à Richard Kowakiewski.

— J'aimerais bien vous entendre commenter ces deux photographies, lança-t-il d'un ton glacial.

Ruben observa les pièces à conviction et se ratatina insensiblement.

Les caméras de vidéosurveillance placées sur le parcours ne laissaient aucune place au doute.

Le premier cliché pris à 13 h 52 montrait l'homme en compagnie d'une femme ressemblant étrangement à Madeleine Riboux. Sur le second enregistré à 14 h 23, il réapparaissait sans sa passagère.

— Vous voyez monsieur Kowakiewski qu'on avait de bonnes raisons de vous garder au frais. Reste maintenant à nous expliquer pourquoi vous avez décidé de supprimer Madeleine Riboux.

En quelques secondes, Ruben avait perdu de son arrogance.

— Je lui avais déjà confié pas mal d'argent. Dix mille euros, c'est une somme et je voyais bien qu'elle avait de plus en plus de mal à boucler son emploi du temps. Les darons ne se précipitaient pas. Enfin, plus comme avant. Alors, j'ai eu peur de ne jamais revoir mon fric. En ferrant Clovis Bernier, je me suis persuadé qu'il valait mieux traiter directement avec lui...

— Pourquoi avec lui plutôt qu'avec Madeleine ?

— Parce qu'avec le môme les conditions étaient différentes. Je le taxais à 20 %.

— Donc si je résume, Madeleine Riboux éliminée, la totalité de la dette incombait au fils adoptif.

— C'est ça. C'est ce qui l'a fait paniquer. Depuis le meurtre, je n'arrive plus à le joindre...

Gantier avait de quoi se réjouir. Même si Ruben n'avait pas encore avoué le crime de Madeleine Riboux, il paraissait en très mauvaise posture. Quant à Clovis Bernier, sous le coup d'un mandat d'arrêt, il avait bien peu de chance de passer entre les mailles du filet. Sur ce constat plus que positif, l'OPJ mit fin à l'audition et renvoya Kowakiewski à sa cellule en attendant un interrogatoire complémentaire.

— Au fait, c'est vous qui m'avez piqué mes tablettes de chewing-gum ? demanda-t-il à Céline, une fois Ruben sorti.

— Oui, je voulais voir si la mastication intensive pouvait avoir une influence sur le rendement de mes neurones.

— Et alors, qu'est-ce que vous en avez conclu ?

— Qu'il ne fallait pas en abuser. Et pour me faire pardonner de vous avoir privé de votre drogue quotidienne, je vous ai racheté quelques tablettes...

Le lieutenant se demanda si sa partenaire n'avait pas été frappée par la grâce.

— Trop aimable !

— Désolée, il n'y avait que goût fraise !

Gantier grimaça, car il détestait le parfum, mais ne fit aucun commentaire tandis que sa collègue lui décochait une œillade à faire rougir un mort.

— Je crois lieutenant qu'après cette conclusion heureuse, vous me devez bien un verre.

— On fêtera ça plus tard, mademoiselle Cauchy, car il reste à mettre la main sur le meurtrier de notre cher collègue. Auriez-vous un tuyau par hasard ?

— Dites Gantier, je ne suis que la stagiaire ici ! Mais peut-être que je vais trouver la réponse dans le marc de mon prochain café. Laissez-moi juste cinq minutes...

— Accordé !

Et pour la première fois depuis sa rencontre avec Céline, Gantier s'autorisa une pensée coquine et s'enlaça à ce corps aux courbes pour le moins affolantes.

42

Sanglard prit à droite et plongea vers la Seine.

— Allez-vous enfin me dire, capitaine, ce qu'on va faire à Heurteauville ?

Povert somnolait à ses côtés.

— Il est quelle heure, lieutenant ?

— 18 heures et des poussières, pourquoi ?

— Comme je vous l'ai dit, on va assister à la traite des vaches...

Lorsqu'ils parvinrent à la ferme, Armand Gréaume s'activait en effet à l'étable.

Povert guida son collègue et ils allèrent saluer l'homme en plein travail, une tâche que celui-ci effectuait à l'ancienne, à savoir à la main.

— Je ne sais pas si vous vous souvenez de moi, se présenta le capitaine, je suis venu avec votre fille Marie, il y a de ça une bonne quarantaine d'années.

— P't-ête, mon gars.

— Elle souhaitait me faire découvrir votre ferme et me présenter.

— Et pis, t'es jamais revenu.

— Non. La vie a fait que nos routes se sont séparées...

— Et t'es devenu flic ?

— Ouais.

— *Povert aux mains de verre*. Je me souviens maintenant !

— J'ignorais que Marie me surnommait ainsi.

— Oh, qu'est-ce que tu vas chercher l'ami ! C'est moi qui te désignais ainsi. Y avait qu'à regarder tes pognes pour savoir que t'étais pas un gars de la terre.

Le capitaine examina ses mains. En quarante ans, elles n'avaient pas vraiment changé. Si la peau s'était parcheminée, les doigts restaient longs et effilés à la manière de ceux des chirurgiens ou des pianistes. Des professions qui avaient en son temps fait fantasmer sa mère.

— Alors qu'est-ce que vous avez dû penser de Jean Cornillet ?

Armand Gréaume se leva, prit le tabouret, le seau, et changea de stalle.

— Pas grand-chose, mon gars. Mais je suppose que t'es pas venu jusqu'ici pour m'causer des prétendants de Marie, pas vrai ?

Sanglard admirait la dextérité du paysan pour tirer le lait qui tombait dans le seau en grandes giclées musicales.

— Je voulais savoir si le petit-fils était passé dimanche soir ?

Le vieux suspendit son geste, souleva le béret d'un revers de main et fixa le capitaine.

— C'est drôle que tu me demandes ça. En revenant de jouer à la manille chez les Lecacheux, j'ai cru remarquer des traces de pneus inconnus dans la cour. Mais avec l'âge, je perds un peu la boule.

— Ne vous voyant pas, Oslo aurait-il pu aller chez quelqu'un d'autre ?

Armand se gratta le haut du crâne, pensif.

— Il a p't-ête poussé jusqu'à chez son père.

— Jean Cornillet possède quelque chose dans le coin ? s'étonna le capitaine.

— Ouais, une baraque en bordure de Seine. Sur la route du bac.

— Et vous l'avez croisé dimanche dernier ?

— Peux pas dire. Mais sa voiture était là...

Povert entraîna son collègue à l'écart.

— Rappelez-moi, Sanglard, ce que Cornillet a confié au lieutenant Dridi pour la tranche horaire qui nous intéresse.

Le lieutenant compulsa ses notes et retrouva une version abrégée du rapport de Kamel.

— Il lui a certifié qu'il n'avait pas quitté son domicile rouennais de l'après-midi et qu'un couple d'amis était passé le voir en début de soirée. Les personnes n'avaient pas souhaité rester à dîner.

— Il s'est visiblement bien foutu de nous...

Après avoir obtenu des précisions afin de localiser le pied-à-terre, les deux flics prirent congé de leur hôte. De retour dans leur véhicule, Sanglard se mit à réfléchir tout haut :

— Pourquoi Oslo Kern s'est-il arrêté à Heurteauville ? Il venait déjà de se prendre un râteau en apprenant que son frère roucoulait dans les bras de son ex. Que cherchait-il ?

— À voir son père, Sanglard ! Cela me paraît une évidence.

— Pourquoi ? Et comment expliquer ce détour par la ferme ?

— Peut-être avaient-ils convenu d'un rendez-vous ? Et c'était aussi une bonne occasion de venir saluer le grand-père.

— Je n'y crois pas, patron. N'oubliez pas que Damien est parti de Louvetot très en colère, carrément le mors aux dents.

— Admettons. Alors que pourrait motiver cet arrêt ?

Povert scruta la chape cotonneuse en train de fondre sur eux.

— Un besoin de clarifier une situation devenue pour le coup trop insupportable.

— Précisez, Sanglard.

Le lieutenant s'agita derrière le volant.

— Je vais vous décevoir, capitaine, mais pour le moment je n'ai pas de réponse. C'est juste de l'ordre de l'intuition.

— Dans ce cas, allons à la recherche de cette maison.

Sanglard enclencha la première et le véhicule décolla en douceur. Ils sortirent de la ferme et tournèrent à gauche, avant de retrouver la route qui menait au bac.

— Et puis, pourquoi les gendarmes ne nous ont-ils pas informés que Jean Cornillet possédait une baraque dans le patelin ?

Povert marmonna :

— Au choix : c'est un oubli de leur part ou ils voulaient se la jouer perso. Tenez, c'est là !

Sanglard rangea le véhicule le long d'un grillage mal en point.

La brume verrouillait désormais le paysage et la visibilité était réduite. D'où ils se trouvaient, les deux flics n'avaient qu'une vision parcellaire de l'endroit. Ils distinguaient tout au plus deux masses sombres dans le lointain, à l'extrémité d'une pelouse à l'herbe haute, en bordure du chemin de halage et de la Seine totalement invisibles.

Povert attrapa une torche tandis que le lieutenant s'inquiétait :

— Ça va aller, patron ?

— De quoi avez-vous peur, lieutenant ? De devoir boucler seul l'enquête ? Je vous rassure, Hunkeler se fera un plaisir de me suppléer.

— Je n'aimerais mieux pas. Avec lui, ce n'est pas comme avec vous.

— Ah bon ! Nous sommes si différents que cela ?

— Comment vous dire, patron ? C'est comme si je devais comparer un hiver sibérien à une mousson indienne. Vous voyez ?

Povert se figea une main sur la portière.

— Un hiver sibérien à une mousson indienne, vous dites !

— Ou si vous préférez un albatros à un goéland, une truite à un brochet, un roseau à un chêne...

— Arrêtez, Sanglard ! Vous allez finir par être désobligeant.

Le lieutenant quitta l'habitacle. La fraîcheur humide du fleuve le saisit. Il releva machinalement le col de son blouson et emboîta le pas du capitaine.

Ce dernier s'intéressa en premier lieu à la silhouette de gauche. Ses yeux fixèrent une bâtisse en pierre à un étage et au toit en ardoise, une habitation aux dimensions réduites, âgée selon toute vraisemblance d'une centaine d'années, dont le ravalement paraissait récent. Le capitaine en fit le tour, sans rien relever d'anormal. Puis il s'intéressa au second bâtiment, une remise prolongée d'un appentis ouvert en poutres et torchis, lieu idéal pour planquer une voiture quelques heures. Une hypothèse d'autant plus plausible qu'ils découvrirent des bâches derrière un amoncellement de bouteilles vides.

— Vous pensez que c'est là qu'il a tué son fils ?

Povert soupira.

— Probablement. Reste à en connaître la raison et les circonstances.

— Oslo Kern aurait-il pu menacer son père ?

— Qu'est-ce que vous venez de dire, lieutenant ?

Sanglard répéta son propos et guetta la réaction de son partenaire. Mais celui-ci resta de marbre jusqu'au moment où il décréta une mobilisation générale.

— Lieutenant, vous faites venir toutes les équipes de terrain. Je veux que l'endroit soit passé au peigne fin. Dans la foulée vous contactez Focart. Je veux connaître minute par minute l'emploi du temps de son poulain pour les deux derniers jours de dédicaces.

La mine de Sanglard se renfrogna.

— Un samedi soir, tout le monde est déjà en week-end.

— Je m'en fous, lieutenant ! Il nous faut un mobile. Alors démerdez-vous !

43

Clovis Bernier éteignit l'autoradio, prit une cigarette dans le paquet de Malboro sur le siège passager et la glissa entre ses lèvres sèches.

Maintenant, il savait. Le pays entier était à ses trousses.

Derrière le pare-brise, un voile s'attaquait au paysage.

Il sortit pour allumer son antistress et marcha quelques instants dans l'herbe humide avant de s'arrêter. Le vent soufflait en rafales, brassant l'air et ses effluves, relents de terre grasse, de végétaux et d'iode. Au loin, l'océan s'assombrissait, prenait une teinte grise, agrémentée ici ou là de minuscules coiffes chahutées par une forte houle.

Le chemin menait au bord de la falaise.

Clovis s'approcha et contempla le vide sous ses pieds, un à-pic tout à la fois vertigineux et fascinant. Au-dessous de lui, les vagues se brisaient dans un fracas assourdissant, un jeu clairement hypnotique.

C'est du moins comme cela que l'homme perçut le spectacle de ces forces en mouvement.

Il s'imagina alors rester à attendre, dans cette position, des jours, des nuits, des mois, des années, avant que la falaise ne s'effondre et ne l'entraîne dans sa chute. Mais le temps lui était malheureusement compté.

Sa cigarette grillée, il sortit un jeu de cartes de sa poche, le battit et le coupa. Puis il en préleva une qu'il plaça sans la regarder dans le gousset de son gilet.

Le vent éparpilla les autres.

Clovis Bernier ne croyait pas aux fatalités. Depuis sa naissance, il avait dû batailler ferme pour exister, trouver des solutions à des problèmes insolubles, faire des choix, refuser les compromis et rejeter toute forme d'humiliation.

C'est pour cette raison que Kamel Dridi avait payé au prix fort son manquement au respect. Mais l'homme savait aussi qu'un tueur de flic ne connaîtrait jamais de répit.

Sans amertume, Clovis reprit sa place derrière le volant et observa la nuit prendre ses quartiers. Puis il ressortit la carte à jouer de son gousset et, toujours sans la retourner, la posa à côté du paquet de cigarettes. L'attente pouvait alors débuter...

44

Povert se tenait à l'écart de l'agitation.

À l'autre extrémité de la scène d'investigation, Sanglard faisait les cent pas, son portable vissé à l'oreille, ponctuant ses échanges de mouvements de bras véhéments.

Deux heures qu'il discutait en jouant les pantins.

Les recherches entreprises s'étaient révélées infructueuses. Jean Cornillet n'avait laissé aucun indice derrière lui. À croire qu'il était étranger au meurtre.

Intrigués, quelques voisins étaient venus aux nouvelles mais leurs témoignages se contredisaient. Certains avaient aperçu Jean Cornillet. D'autres soutenaient le contraire. Et sur la présence possible de véhicules, c'était pire encore. Un, deux ou trois, chacun avait sa petite idée sur la question.

Le capitaine ne bougeait pas, faisait corps avec la nuit. Il cherchait dans l'agitation autour de lui une source de motivation. Mais le ressort qui l'animait depuis tant d'années semblait bel et bien cassé, d'où sa décision de démissionner, cette nuit même ou demain, lorsque l'effervescence serait un peu retombée...

— Vous allez bien ? s'enquit Sanglard que le capitaine n'avait pas entendu approcher.

— J'intériorise, lieutenant. Les lieux ont tellement à nous apprendre.

— Je crois que je tiens une explication...

Povert écouta d'une oreille distraite.

— ... À la librairie *Guilla* de Caen, poursuivit le lieutenant, Oslo Kern partageait la vedette avec deux autres auteurs maison : Jérôme Filbeck et Pierre Malmoni. À midi, le libraire a emmené tout son petit monde déjeuner dans un établissement renommé. C'est à la fin du repas que les choses se sont envenimées. Malmoni s'en est ouvertement pris à Kern, lui reprochant de profiter de la notoriété de son père pour viser une place au soleil. Le ton est monté. Kern a exigé des excuses que l'autre a refusé de présenter, arguant qu'il ne s'abaisserait pas devant des pseudos écrivains monnayant les services d'un nègre pour réussir. Damien s'est insurgé et a réclamé des preuves. C'est là que Malmoni lui a balancé le nom de Grondin et quelques titres de son père dont il était certain qu'il n'en était pas l'auteur. Damien Cornillet a quitté précipitamment la table et a disparu. Mais je sais où il est allé...

Sanglard s'attendit à une réaction, mais Povert demeura désespérément apathique.

— … Il s'est rendu directement chez le correcteur. Et là, Oslo Kern a bien dû admettre que les allégations de Malmoni étaient fondées.

— Pourquoi Grondin a-t-il occulté cet épisode ? s'étonna le capitaine.

— Les activités du monsieur reposent avant tout sur le principe de la confidentialité et, à ce titre, l'homme s'en tient à une certaine déontologie. Sauf que dans le cas qui nous intéresse, Daniel Grondin s'est trouvé confronté à un cas de conscience : fallait-il taire ou non la visite de Damien Cornillet à son père. Finalement il a opté pour la transparence. Lorsque Harel Chartes a eu connaissance de la chose, il est entré dans une rage folle et a convoqué Grondin ici même, le lendemain après-midi. C'est certainement pour cela que certains voisins parlent de trois véhicules.

— Et que se sont-ils dit ?

— Toujours d'après notre homme, ils se sont engueulés et Jean Cornillet lui a signifié la fin de leur collaboration. Une perspective *a priori* sans conséquence pour le correcteur même si, comme il nous l'a exposé, les assurances présentes ne présument en rien des certitudes futures.

— Mais cela n'explique toujours pas le mobile du meurtre…

— J'y viens, capitaine. Mais reprenons d'abord la chronologie des faits, si vous le permettez. Après sa visite à Daniel Grondin, Oslo Kern a repris la route et s'est rendu au Havre comme initialement prévu. Il a dormi à l'hôtel *Le petit Vatel* et le lendemain a honoré de sa présence le salon du livre où il était convié. Les gens qui l'ont croisé à cette occasion l'ont trouvé plutôt serein, voire détendu, ce que nous a d'ailleurs confirmé sa mère lors de notre visite à Saint-Valéry. Puis on connaît la suite : son rencart avec son ex-petite amie, sa volonté de la reconquérir, son désespoir lorsqu'il apprend que le frangin lui a chipé la belle et son départ précipité… Maintenant, mettons-nous un instant dans la peau du jeune homme et, pour cela, servons-nous de ce que nous a appris son frère.

Povert se gratta la joue, perplexe.

— Aurais-je loupé un épisode ?

Sanglard sourit.

— Je le crains, capitaine. Nous tenons de Simon que la rivalité parentale par livres interposés a grandement perturbé leur jeunesse. Un déficit d'amour que le cadet des Cornillet exprime comme une blessure indélébile. Alors imaginez un peu l'état d'esprit de Damien à l'heure de quitter Louvetot…

Le capitaine pouvait sans mal se couler dans la peau d'Oslo Kern.

— … Outre un sentiment de colère, on peut imaginer que toutes les frustrations de sa jeune existence ont ressurgi d'un coup, au premier rang desquelles cette enfance sacrifiée, fruit d'une réalité qui n'avait pas lieu d'être. Et c'est d'après moi cette subite prise de conscience qui l'a poussé à venir demander des comptes à son père…

Depuis un moment, Povert observait la brume se déliter dans un lent processus de désintégration qu'il vivait aussi de l'intérieur.

— … La discussion s'est envenimée. Peut-être même que le fils a menacé le père de tout révéler à Focart. N'oublions pas que le lendemain, Oslo devait déjeuner avec son éditeur. Et puis l'irréparable arrive. Poussé à bout, le père tente de retenir son fils, de le raisonner encore, car il ne peut se résoudre à voir son existence voler en éclats sous de telles révélations. Il se saisit alors d'une arme improvisée et le frappe, sans mesurer la force qu'il met dans son geste, ni même imaginer un instant qu'il va le tuer. Puis il cache la Saxo sous son appentis, charge le corps dans son propre véhicule et l'abandonne en rase campagne à une cinquantaine de kilomètres de là. Pendant le trajet, il imagine même un scénario qui doit faire porter le chapeau à Grondin, une thèse d'autant plus plausible qu'on a vu la voiture de ce dernier rôder dans Heurteauville l'après-midi même. Puis le lendemain, il est revenu nettoyer la Saxo qu'il abandonnera en forêt, pas très loin d'ici, avec cette attache parisienne devant mener au correcteur…

Le capitaine félicita son adjoint :

— Je vois que vous tenez là une bonne intrigue, lieutenant. Reste à lui soutirer des aveux…

Sanglard paraissait plus déterminé que jamais.

— On va y arriver, patron. N'oublions pas que l'honneur de la police est en jeu !

Povert ne partageait pas ce bel optimisme. Son attention voguait déjà vers d'autres horizons plus sombres et incertains.

— ... Il n'y a plus qu'à aller le cueillir, enchaîna le lieutenant. Vous venez ?

Le capitaine suivit docilement son adjoint avant de se raviser à l'approche du véhicule :

— Allez-y avec des gars en tenue ! Je ne vous retiens pas. Moi, je vais rentrer...

— Toujours vos malaises ?

— Mon malaise...

— On se retrouve plus tard à Brisout ?

— C'est ça. Je vais d'abord me reposer un peu...

Sanglard n'insista pas et le capitaine le vit s'éloigner avec soulagement.

Moins de trente minutes plus tard, un collègue du labo le déposait au bas de chez lui.

Il gravit péniblement les quatre étages et retrouva le silence feutré de l'appartement. Il se recueillit un instant devant le portrait de Claire et alluma plusieurs bougies. Puis il décrocha son téléphone et composa le numéro de la gendarmerie de Fontaine-le-Dun.

— Vous savez que je suis de repos ! gronda l'adjudant Thierry, après que Povert eut mis la brigade en émoi.

— Je n'en savais rien, mon adjudant. Mais avant de quitter mes fonctions, je tenais à vous livrer personnellement l'identité du meurtrier d'Oslo Kern.

— C'est qui ?

— Son propre père... Mais pour les détails vous verrez avec mon adjoint...

— Vous partez réellement en retraite ?

— À la minute...

Et sans autre explication, il raccrocha au nez du militaire.

Le capitaine se conforma cependant à une dernière obligation. Il attrapa une feuille et rédigea une lettre de démission à l'attention du commandant Hunkeler. Puis il griffonna sur l'enveloppe : « *Les diesels ne meurent jamais tout à fait.* » Une enveloppe qu'il plaça bien en évidence sur son bureau, dans un silence pour le coup insupportable. Il s'approcha de la chaîne hi-fi et lança le disque sur la platine.

Sur les dernières notes de *Vertigo*, il sortit son arme de service, déverrouilla la sécurité et introduisit le canon dans sa bouche.

« Lorsque le vide te happe, ne cherche pas à lui résister... »

La déflagration ébranla l'immeuble et se propagea à la vitesse du son dans la rue Lafayette.

45

Gantier avait donné rendez-vous à Céline à 21 heures chez lui. Elle débarqua avec trois quarts d'heure de retard, un retard qu'il était prêt à lui pardonner tant elle était en beauté.

Sans aucun complexe, la jeune femme se mit à son aise et le lieutenant se sentit fondre comme un loukoum tandis qu'elle se collait à lui avec un air ingénu.

— J'ai deux choses à vous avouer, lieutenant. La première, c'est que nous ne bosserons plus ensemble...

— Ah bon ! s'émut Gantier, pour une fois sincère. Nous commencions tout juste à nous apprivoiser. À votre contact, j'ai repris goût au travail d'équipe et aux échanges parfois tendus mais salutaires.

— Justement, vous m'avez ouvert les yeux. Sanglard avait raison. Je ne suis pas faite pour ce métier. Hunkeler a accepté ma démission sans chercher à me retenir.

— Et maintenant, qu'est-ce que vous allez faire ? s'inquiéta-t-il.

— Je ne sais pas encore. Il faut que je réfléchisse... mais avant qu'on se quitte, je tenais à me faire pardonner. Vous aimez les surprises ?

Gantier se sentit défaillir.

— Bonnes ou mauvaises ? bredouilla-t-il en fixant la poitrine qui pointait fièrement sous le chemisier.

— Alors, fermez les paupières et laissez-moi faire...

Le lieutenant s'exécuta tandis que Céline lui bandait les yeux avec son foulard.

— Maintenant levez-vous et placez vos mains derrière le dos...

La jeune femme prit ses poignets et les emprisonna dans une paire de menottes.

— C'est un jeu coquin ? se hasarda-t-il.

— C'est ça, mais je vais devoir vous bâillonner. Je ne voudrais pas que vous ayez des problèmes avec vos voisins...

Dans la foulée, il sentit des mains s'activer autour de sa ceinture...

En quelques secondes, il se retrouva pantalon et slip baissés au beau milieu du salon. Une sensation étrange ou le plaisir se mua bien vite en une irrépressible angoisse.

— N'en espérez pas plus, Gantier ! finit-elle par lâcher. Je déteste les gens à votre image, grossiers et sans éducation. Et si l'envie vous prenait de me chercher des noises, gardez à l'esprit que j'ai filmé votre exhibition avec mon portable. Alors adieu ! Vos clés sont sur la table du salon.

— Espèce de ... ! parvint-il à éructer.

— Je sais. Tous les mecs le disent...

Les halos lumineux percèrent l'obscurité telles des lances acérées.

Clovis mit le contact et enclencha la première. La Renault s'ébroua et roula au pas sur le chemin défoncé. Déterminé, l'homme accéléra, passa la seconde, enchaîna les rapports suivants avec la même concentration.

Dans le rétroviseur, les ronds de lumière parurent reculer.

La vitesse se stabilisa et l'homme eut l'impression que le paysage s'ouvrait sans effort devant lui.

Il alluma enfin ses phares, perçut un choc au niveau de la calandre puis le vide l'aspira.

Mais avant qu'il ne se fracasse au pied de la falaise, il attrapa la carte posée à ses côtés et, alors qu'il s'attendait à retourner un funeste huit de pique, il découvrit avec stupéfaction un neuf de cœur, signe de réussite.

FIN

Lundi 5

Mardi 33

Mercredi 87

Jeudi 122

Vendredi 193

Samedi 217

REMERCIEMENTS

Pour avoir donné vie à cette aventure, j'aimerais remercier Gilles Guillon et Maxime Gillio, ainsi que Marguerite Soudey qui reprend aujourd'hui le flambeau.

Je ne saurais oublier mes fidèles lecteurs, mes proches, mes amis et Philippe Galmiche, soutien indéfectible depuis tant d'années.

Je sais ce que je leur dois.

S-Active

07 52 62 75 35

35 rue de Tanger bat A 75019 Paris
1 rue Jules Siegfried 76570 Pavilly

www.lapommequirit.fr

Correction : Patrice Arnaud et Sandra Leopold

Certifié PEFC
Ce produit est issu de forêts gérées durablement et de sources contrôlées
PEFC 10-31-3532
www.pefc-france.org

100% origine France
Papier fabriqué en France
Imprimé en France

ISBN 979-10-96709-29-8
Dépôt légal : décembre 2020

Pour Marie-Paule,
une passionnée de polars,

PATRICK MOREL

Double meurtre à Rouen

Sans la noirceur, la lumière
ne serait pas.
Bonne découverte.
Bien chaleureusement,

S-ACTIVE

P. Morel

La Saussaye, le 07/11/21

Du même auteur :

Ce n'est plus l'heure des mamans
Éditions Editauteur, 2002
roman

Le coup de pied au cul
Éditions Gilles Gallas, 2006
nouvelles

Terminus Calais
Éditions Ravet-Anceau, 2014
polar

Treize en Amérique
Éditions Ex Æquo, 2018
nouvelles

Les Bras en Croix
Éditions Le Lys Bleu, 2019
polar

Tempête à l'île Milliau
Éditions Ex Æquo, 2019
polar

Les Goélands
Éditions des Falaises, 2020
polar